# 春日井建

Kasugai Ken

水原紫苑

笠間書院

# 『春日井建』—目次

# 凡例

一、本書には、春日井建の短歌五十首を載せた。

一、本書は、春日井建の歌をいま、どう読むかを特色とし、作品の鑑賞に重点をおいた。

一、本書は、次の項目からなる。「作品本文」「出典」「鑑賞」「脚注」「歌人略伝」「略年譜」「筆者解説」「歌集解題」「読書案内」。

一、テキスト本文は、『春日井建全歌集』（砂子屋書房　二〇一〇年刊）に拠り、振り仮名も原本の歌集通りとした。

一、鑑賞は、一首につき見開き二ページを当てた。

春日井建

01

# 大空の斬首ののちの静もりか没(お)ちし日輪がのこすむらさき

【出典】『未青年』

『未青年』巻頭の一首。

天才歌人春日井建の出立にふさわしい、歌柄の壮大な、凶々しく美しい一首である。

「大空の斬首」という凄まじい表現には、誰もが心を奪われるだろう。下の句の「没(お)ちし日輪」から、太陽が斬首されたのだと読めるが、「大空の斬首」という歌い出しには、日々の落日を超えた激しい切迫感がある。

第一、「斬首」した主体は誰なのか。太陽を殺すことのできる力の持ち主とは、たとえば神か。だが、それは一切明らかにされていない。だからこそ一首には深い謎が残り、読者に忘れがたい印象を与える。安易に神というような主体が明示されていたら、凡庸な歌に終わっていたであろう。

そして、「大空の斬首」に続く言葉は、意外にも穏やかである。「静もり」のやわらかな響きが絹のようだ。

かつて小池光*が、「現代短歌雁」第一号の『絶対童貞の夢』で鋭く指摘した通り、「斬首」一語を除けば、これは藤原定家の「おほぞらは梅のにほひにかすみつつくもりもはてぬ春の夜の月」*にも通い合う、和歌の古典的規範に従った作品なのである。

「没(お)ちし日輪がのこすむらさき」の夕映えの不吉な美しさも、ある意味で定石に違いない。

しかし、優れた詩歌が時に持つ予言的機能は、その古典的な調和を突き破ってしまった。いや、それこそが古典的詩歌の証なのかも知れない。

『未青年』に熱い序文を贈った三島由紀夫*の死によって、「斬首」には特異なリアリティが加わった。一九七〇年十一月二十五日、三島の首は地に落ちた。一首の物語は、ここに完結したのである。

*小池光(ひかる)―一九四七年、宮城県生まれ。日本を代表する歌人の一人。学位は理学修士(東北大学)。七二年、短歌結社「短歌人」に入会。高瀬一誌に師事。二〇〇六年、31年間勤めた教職を退く。〇七年より、仙台文学館二代目館長。

*おほぞらは…の歌―「新古今集」40番。

*三島由紀夫―小説家・劇作家。東京生まれ。本名平岡公威(きみたけ)。東京大法学部卒。古典主義的な緻密な構成と華麗な文体で独自の様式美を構築。絶対者の希求、美的死生観を追う。しだいに唯美的なナショナリズムに傾斜し、自衛隊市ケ谷駐屯地で割腹自殺を遂げた。(一九二五―七〇)

02

# 童貞のするどき指に房もげば葡萄のみどりしたたるばかり

【出典】『未青年』

『未青年』の中でもひときわイメージがくきやかな一首である。

「童貞のするどき指」とはどんな指だろう。

私は、薔薇の茎のように棘が生えた、細くしなやかな指を想像する。その指でもぎ取られた「葡萄のみどり」は、「したたるばかり」に鮮烈である。

すなわち葡萄は傷つけられて、透きとおるみどりの血を流しているのだ。苦痛と快楽とが融け合った葡萄の恍惚が、「したたるばかり」なのである。

しかも、他の果物ではなく、葡萄であるところに意味がある。

葡萄の実は半透明な球体である。その形はしばしば生物体に重ねられる。たとえば眼球であり、あるいは胎児である。

事実、葡萄の房状に、妊娠した卵が異常増殖する胞状奇胎*という病が存在

*胞状奇胎―鬼胎。妊娠時に

するのだ。球体が密生する葡萄の不気味な一面である。
一首のもぎ取られた葡萄は、凌辱された母胎を思わせる。太古から脈々と続く生命の連鎖に対する呪いの意味が込められているのではないだろうか。

母にはじまり無限の人を並べたる不滅の列にわたしはをらず　『未青年』

ここではその思いを端的に表現しているが、「童貞」と「葡萄」の関係も、母から生まれた自分の生命に対する呪いを秘めているゆえに、激しく読む者に迫って来るのではないか。
だからこそ、葡萄は豊饒な赤紫色ではなく、あくまで若く澄んだ緑色でなければならないのだ。

卵膜の柔突起が病的に増殖してできた嚢胞。これが増大すると葡萄状となり、子宮腔を満たし、胎児は死亡する。

03

# 海鳴りのごとく愛すと書きしかばこころに描く怒濤は赤き

【出典】『未青年』

少年の愛の手紙である。「海鳴りのごとく愛す」——尋常な思いではない。荒れ狂う海の激情である。書きながら少年はその海を「こころに描く」。怒濤は赤いのだ。少年の血潮そのものが、怒りにも似た愛のうねりに高まっている。溢れる「愛」は殺意をさえはらんでいるようだ。

この手紙は果たして届くのだろうか。血の激情を受け止められる相手がこの世に存在するのだろうか。

だが、少年の世界では、この言葉をまっすぐに受け止めて、自身も胸の血潮を開いて見せる誰かがきっと存在するのだ。言い知れない怒りと愛に満ちた少年時代の暗い輝きを、思い起こしてみよう。

そして一首を声に出して読み味わう時、意味の激烈さに対して、あくまでも透明感を失わない調べの爽やかさに感嘆する。春日井建の終生変わらない特質である。

馬を洗はば馬のたましひ冱ゆるまで人戀はば人あやむるこころ

『感幻楽』　塚本邦雄*

前衛短歌の巨匠、塚本邦雄の一首と比べてみよう。〈馬を洗うならば馬の魂が冴えわたるまで洗ってやろう、人を恋するなら人を殺すまでの心で恋したい〉―この高らかな宣言は、「海鳴りのごとく愛す」「こころ」にも通い合う。しかし、初句七音の「馬を洗はば」の中世歌謡的な修辞の遊び心は、「怒濤は赤き」の切迫感とは異なっている。成熟した大人の恋の世界である。「怒濤」は少年のものなのだ。

＊塚本邦雄―滋賀県生まれ。一九四六年「日本歌人」に入会、前川佐美雄らと交流。四九年に杉原一司と「トレード」を創刊。夭折した杉原に献じた『水葬物語』は斬新すぎたために歌壇から黙殺されたが、三島由紀夫に注目された。この歌集を契機として、現代短歌の代表的な存在となり、前衛短歌運動を推進する。多彩なイメージの駆使、韻律の変革、喩（ゆ）の定着など、極めて精緻な象徴法を創造し、今日の短歌に大きな影響を与えている。（一九二二―二〇〇五）

04

# ミケランジェロに暗く惹かれし少年期肉にひそまる修羅まだ知らず

【出典】『未青年』

＊修羅―阿修羅（梵 asura の音訳、仏教。不動・無動の意）「あすら」とも。インド神話の悪神。インドラ神（仏教の帝釈天）と戦うとされる。釈迦によって教化された場合は、仏教の守護神。

＊ミケランジェロ―イタリア盛期ルネサンスの彫刻家、画家、建築家。「バッカス」「ピエタ」「ダビデ」の大理石像に天分を示し、システィナ礼拝堂の天井画「創世紀」と正面壁画「最後の

「ミケランジェロに暗く惹かれし少年期」―上の句で、少年の純粋な欲望の世界が開かれる。だが、少年は欲望の存在を知らない。「肉にひそまる修*羅まだ知らず」―汚れのない生まれたままの裸の精神である。それなのに、少年は、ミケランジェロに惹かれる心を暗いと感じている。自分の心は暗い、世界でただ一人暗いのだ。少年は初めて孤独を知ったに違いない。少年期とは何と残酷だろう。

ここで想定されているミケランジェロ*の作品はどれだろうか。

まず有名なダヴィデ*像が思い浮かぶ。ゴリアテ*と戦う前の緊張感に満ちた姿である。重心を右足にかけて左足を軽く遊ばせた、躍動的な青年の裸身は、澄んだ眼差しを含めてこよなく美しい。少年は日毎夜毎にこの像を眺めて、

このような青年に出会いたい、自分もかくありたいと願ったのではあるまいか。

　実際、若き日の建は、自身が彫刻のモデルになっている。健やかな肉体がこの世に残された。

　しかしまた、ミケランジェロの別の代表作であるピエタ像*も、少年の憧れだったたかも知れない。死んだイエス・キリストを抱く、少女のような聖母マリアの像である。母への深い思慕を生涯歌い続けた建であれば、自身をイエスに擬して、母マリアに抱かれる夢想も、あるいは持っていたかも知れない。

　一首の調べは、初句の「ミケランジェロに」という七音の硬質な響きが独特で、口ずさむと忘れがたい。「修羅まだ知らず」まで突き通す一本の矢のような歌である。


審判」などを製作。ルネサンス美術の代表的傑作を残す。晩年、「サンピエトロ大聖堂」の設計も行う。(一四七五―一五六四)

*ダヴィデ―古代イスラエル王国第二代の王（在位前一〇〇〇頃―前九六一）。エルサレムを中心に、ユダヤ教を確立。「旧約聖書」に記述があり、詩と音楽の才能にすぐれ、「詩篇」のかなりの部分の作者とされている。（―前九六一年没）

*ゴリアテ―聖書にみえるパレスチナ西部に住むペリシテ人。ダビデに殺される。

*ピエタ像―ミケランジェロの『ピエタ』（一四九八―一五〇〇）。聖母マリアがキリストの死体を膝に抱いて嘆いている姿を表す絵画、彫刻。ピエタは人間らしい感情の表現として競って表現された。

05

# 火祭り[*]の輪を抜けきたる青年は霊を吐きしか死顔をもてり

【出典】『未青年』

*火祭り―精霊(しょうりょう)を送迎する行司で各地にみられる。滋賀県近江八幡市では山車を取り付けて街を練り歩き、燃やして悪疫払いとする。日牟禮八幡宮の左義長祭などさまざまな火祭りがある。

どこの地方の祭りだろうか。燃えさかる火の輪をくぐって来た青年がいる。ところが、その顔は蒼白な死顔である。輪を抜けながら、みずからの霊魂を吐いてしまったのだ。霊魂は、神か鬼か、この世ならぬものに吸い取られてしまったに違いない。

一読して背筋に冷たいものが走るような恐ろしい歌だ。作者の想像力の産物だろうか。だが、一首は強烈なリアリティーを放っていて、作者が見てしまった光景のようだ。青年は本当に死んでしまったのか。あるいは自分が死んでしまったことすら知らずに、何事もなかったように動いていたであろうか。

「男巫(をとこみこ)」と自身名乗った建ならではの不気味な視力である。

しかし、これは『未青年』の世界では異彩を放つ作品であろう。この段階の建は、死を背後にした、精神と肉体のせめぎ合いを劇的に歌うことが中心で、霊的世界に踏み込むことはあまりない。生涯を通じても、霊的世界は、歌の前面に出ることは少なく、あくまで背景として存在した。

三島由紀夫は、春日井建を見出した時の「新潮」発表の日記に、この一首を取り上げている（『裸体と衣裳』*所収）。現時点から見ると、『英霊の声』*の作家が愛したのも理解できる。『英霊の声』では、二・二六事件の青年将校や特攻隊員の霊に取り憑かれた「よりまし」*の青年は、最後に死んでいるのがわかるのだ。

作家と歌人の魂が、人間にはわからない闇の中でひそかに結ばれていた証のような恐ろしい一首である。

*『裸体と衣裳』―三島由紀夫の公開日記形式の評論・随筆。文芸評論からオペラ観劇の感想まで、三島の幅広い芸術観がみられる随筆。

*『英霊の声』―三島由紀夫の短篇小説。二・二六事件で銃殺刑に処せられた青年将校と、神風たらんと死んだ特攻隊員の霊が、天皇の人間宣言に憤り、呪詛する様を描いた作品。六六年六月発行。

*よりまし―（憑坐・尸童）祈禱師が神霊を乗り移らせたり、託宣をのべさせたりするために伴う普通は童子や婦女。または人形。

06

# 狼少年の森恋ふ白歯のつめたさを薄明にめざめたる時われも持つ

【出典】『未青年』

狼に育てられた少年の歌である。現実にこういう少年が発見されたらしい。当然人間の言葉を知らず、夜明けにはふるさとの森を恋い慕って、狼のように吠えるのであろう。牙ならぬその白歯のつめたさを、同じく自分も持っていると宣言する。

人間の文明や社会に対する激しい憎悪が溢れている。言葉など知ることなく、始原の森で自由に生きたかったという少年の魂の叫びである。その荒々しい情念が、端正な文体で歌われるアイロニーこそ建の魅力であろう。

三島は、前述の「新潮」の日記で次のように記している(『裸体と衣裳』所収)。

「人にすすめられて「短歌」という雑誌を読み、春日井建という十九歳の新進歌人の歌に感心する。尤（もっと）も私は日頃現代短歌に親しまないから、他と比較した上の批評ではない。

「狼少年の森恋ふ白歯のつめたさを薄明にめざめたる時われも持つ」

こういう一首には、少年が人生に対して抱く残酷な決意ともいうべきものがある。（中略）

いずれにしても詩は精神が裸で歩くことのできる唯一の領域で、その裸形は、人が精神の名で想像するものとあまりにも似ていないから、われわれはともするとそれを官能と見誤る。」

「少年が人生に対して抱く残酷な決意」こそ『未青年』のすべてであり、官能と見誤られやすい、裸で歩く精神とは、春日井建の歌の本質を見事に言い当てている。生涯を通じてそれは変わらなかった。

07

# 火の剣のごとき夕陽に跳躍の青年一瞬血ぬられて飛ぶ

【出典】『未青年』

棒高跳びであろうか。選手が夕空に高々と跳躍する。そこには、「火の剣のごとき」凄愴な夕陽が待っていて、青年を刺し貫くのである。中空の青年は血ぬられる。

若さと健やかのまさに頂点で惨殺される青年の幻があまりにも鮮烈なので、「一瞬」ののち、読者は現実に還るすべを失ってしまうほどである。

『未青年』では、このあと次の二首が続く。

跳躍ののち風炎がかぶされり屈葬の型にうづくまる背に

終焉のさまに虚空へひきしぼる腕美しくわかものは跳ぶ

「跳躍ののち」で地上に下りた青年は「屈葬の型に」着地するのである。その「うづくまる背」に「凧炎*」がかぶさり覆う。彼は文字通り葬られるのだ。

「終焉のさまに」は、走り高跳びか、三段跳びか、また別の競技のようだ。しかし、ここでも、死に向かって、「わかものは跳ぶ」のである。

言いかえれば、死に向かう時、「青年」は作者の眼差しにとって、最も輝く存在となるのだ。この鋭い嗜虐の眼差しの対象となるのが、「火祭りの輪」〔05〕の歌でもそうだったように、「少年」ではなく、「青年」であることも興味深い。

そこにこそ歌集『未青年』の題名の意味がある。未青年、すなわち未だ青年ならざるものが一巻の主人公である。少年と呼んでもいいだろう。少年は、決して自身が「青年」となることなく、「青年」になってしまった美しい若者たちの栄光と破滅を、激しい愛憎を持って見つめているのだ。

*凧炎——山からおりてくる暖かく乾燥している風。

08

# 行き交へる男女が一瞬かさなれるはかなき情死をうつす硝子戸

【出典】『未青年』

何でもない日常の風景である。道のこちら側とあちら側から、それぞれ男と女が歩いて来る。すれちがったところは、ちょうど硝子戸の前だった。行きずりの男と女は、偶然のはかない「情死*」を遂げたかのように、重なり合ってそこに映った。

「情死」といえば現代にもあるが、硝子戸の映像は江戸時代に、心中して死骸を埋葬されることなく、戸板の上で人目にさらされた「相対死*（あいたいじに）」の男女に近い。近松の心中物を思わせるようなイメージである。

この一首を知ってしまった者は、もはや行き交う人々を穏やかな心で見ることができない。

一瞬の嘱目（しょくもく）から、まがまがしい劇的世界が展開されている。見てはならな

＊情死─相愛の男女がいっしょに自殺すること、心中。相対死。

＊相対死─心中のこと。江戸幕府・徳川吉宗は近松などの戯曲により美化される「心中」の語を禁じて使わせた語。

い、日常の奥のもう一つの世界を見てしまう、建の視力に戦慄する。『未青年』の中ではきわめてまれな異性愛の歌だが、何とそれは幻の「情死」によってのみ成就するのである。作者である少年が、世界に対して抱いている悪意の、透きとおるような純粋さに改めて打たれる。

見られてしまった男女は、もとより何も知らずに一生を過ごすだろう。だが、「情死」の刻印は、彼らの魂から離れることはない。ふとした折に、彼らは互いを、なつかしい者として、あるいは忌まわしい者として、思い出すともなく、存在を感じるかも知れない。

その時、彼ら二人を結びつけた少年は、もう彼らなどすっかり忘れて、また新たな「情死」を別の形で見出していることだろう。そして、少年にとって堪えがたいこの世界を美しく荘厳（しょうごん）するのだ。

09

## ヴェニスに死すと十指つめたく展きをり水煙りする雨の夜明けは

【出典】『未青年』

*ルキノ・ヴィスコンティ――イタリアの映画監督、演出家。一九三六年、ファシズムのイタリアを去って人民戦線のフランスに行き、ジャン・ルノアールの教えを受けた。映画の処女作は『郵便配達は二度ベルを鳴らす』。ネオリアリズムの先駆をなすと評された。傑作『山猫』(一九六三)以後、過去の記念すべき階級の真の再現を芸術的使命とした。(一九〇六―七六)

この一首を読むと、ルキノ・ヴィスコンティ*の映画『ヴェニスに死す』*を誰もが思うだろう。建もこの映画を深く愛した。しかし、映画は一九七〇年の公開であり、『未青年』は十年先立っている。すなわちこれは、トーマス・マン*の原作小説『ヴェニスに死す』をもとに書かれているのだ。

小説のラストシーンは次のようである。

「(前略)けれども彼自身は、海の中にいる蒼白(あお)い愛らしい魂の導き手が自分にほほ笑みかけ、合図しているような気がした。少年*が、腰から手を放しながら遠くのほうを指し示して、希望に溢(あふ)れた、際限のない世界のなかに漂い浮んでいるような気がした。すると、いつもと同じように、アシェ*

ンバハは立ち上がって、少年のあとを追おうとした。
椅子に倚（よ）って、わきに突っ伏して息の絶えた男を救いに人々が駆けつけたのは、それから数分後であった。（後略）」（新潮文庫　高橋義孝訳）

映画のラストシーンでは、片手を上げて海へ誘うかと見える少年に応えて、アシェンバハも立ち上がろうとして崩れ落ちるのだが、小説でも、構造はほぼ同じである。

歌に戻ると、「水煙りする雨の夜明け」も「十指つめたく展きをり」も原作にはなく、建の完全な創作である。

しかし、何という迫真の描写だろう。一生の芸術も顧みず、少年の美に屈服して、息絶えたアシェンバハが、両手の指を冷たく開いて、夜明けのヴェニスの水煙りの中に倒れている場面は、本当に存在しそうである。その至福の表情が目に見えるようだ。「十指つめたく展きをり」の冷徹な眼差しに戦慄する。自身を少年に重ね合わせたか、あるいは未来のアシェンバハとしてだったか。

*映画『ヴェニスに死す』――（一九七一）、『家族の肖像』（一九七四）など代表作である。『イノセント』（一九七六）を残して、ローマに没した。

*トーマス・マン――ドイツの小説家。市民と芸術家、生と精神の対立・超克を追求。また、一貫してナチスを批判。スイスとアメリカに亡命。代表作、「ブッデンブローグ家の人々」「ベニスに死す」「魔の山」「ファウスト博士」。一九二九年ノーベル賞を受賞。（一八七五―一九五五）

*少年――物語全体は神話的象徴性を備える。ポーランド人美少年は冥界への案内者ヘルメスの化身である。

*アシェンバハ――主人公の作家。作曲家マーラーの風貌を備えている。

## 10　両の眼に針射して魚を放ちやるきみを受刑に送るかたみに

魚を捕えてその両眼に針を射し、再び水に放つ。残酷きわまりない行為である。それが「きみ」―愛する者―を受刑に送る「かたみ」―記念―であるという。

『未青年』の中でも謎深い一首だが、調べはなだらかで美しい。両眼に針を射されたまま、光の中を泳いでゆく魚の姿が目に見えるようだ。

なぜこの恐ろしい行為が、「かたみ」になるのか。

両眼に針を射すといえば、まず連想するのが、ソポクレスの『オイディプス王』[*]である。父を殺し、母と交わった事実を知って、王は自身の両眼を針で射す。近親相姦のエロスを、みずから処罰したことになる。

【出典】『未青年』

＊『オイディプス王』―古代ギリシア悲劇。ソポクレス作。紀元前四三〇年頃の上演。テーベ王ライオスとイオカステとの子。神託が不吉であったため、生まれて

この歌では愛する者を刑務所に送る少年が、二人だけの愛の記念として、みずからのエロスを封じ込める。その誓いの行為であった。一首はたとえばそのようにも読める。

しかし、それならば、両眼を射されるのは、なぜ少年自身ではなくて「魚」なのだろうか。

ここで、キリスト教において、「魚」とは、イエス・キリストとその神秘の象徴であることを考えると意味に近づけるのではないか。

すなわち、「魚」とは受難するイエス・キリストであり、少年自身であると共に、受刑に向かう「きみ」でもあるのだ。両眼を針で射された「魚」のイメージの中で、少年と「きみ」は、今は封じ込められたエロスにかたく結ばれている。

一首の美しい調べは、愛の賛歌ゆえなのである。

すぐ捨てられる。成長後、父とは知らずにライオスを殺し、スフィンクスの謎を解いてテーベ王となり、母イオカステを妻とする。のち真実を知って苦悩し、両目をえぐり、娘アンティゴネとともに放浪の旅に出る。

11

# 男囚のはげしき胸に抱かれて鳩はしたたる泥汗を吸ふ

【出典】『未青年』

服役中の受刑者の休息の時間だろうか。「男囚のはげしき胸」という異例の表現から、荒々しい力に満ちた男の肉体が思い浮かぶが、そこには一羽の鳩が抱かれている。あるいは傷ついた鳩を助けたのかも知れない。「鳩はしたたる泥汗を吸ふ」とは、救われた鳩の至福を示すと共に、それを見る主人公の妬(ねた)みに似る感情を表しているだろう。

泥汗の匂いまで伝わって来るような、強烈なリアリティーを持つ一首である。先に挙げた〔10〕「両の眼に針射して魚を放ちやる」の歌と同じ「火柱像」の一連にある。

夕焼けて火柱のごとき獄塔よ青衣の友を恋ひて仰げば

男囚の黒き胸毛もふるはせむつめたき風にひたされて寝る
荒くれを愛せしわれの断罪か暗き獄舎を恋ひやまぬなり
独房に悪への嗜好を忘れこし友は抜けがらとしか思はれず
背きゆく君をかなしみて仰むけば不意の殺意に似て陽がそそぐ

一首の前後のこれらの歌を読むと、物語的な連作になっていることがわかる。劇的な連作の構成は建の得意とするところで、後に戯曲の執筆に向かうのも自然な成り行きだった。

「夕焼けて火柱のごとき獄塔よ」「男囚の黒き胸毛もふるはせむ」「荒くれを愛せしわれの断罪か」──エロスがクレッシェンドで高まっていく。

しかし、「独房に悪への嗜好を忘れこし友」は、もはや愛ではなく、「殺意」の対象になってゆくのである。

12

# 逞しく草の葉なびきし開拓地つねに夜明けに男根は立つ

【出典】『行け帰ることなく』

建は一九七〇年、『行け帰ることなく／未青年』の刊行後にアメリカを訪れている。従ってこれは渡米する前に詠まれた歌である。

「草の葉」は、ホイットマン*の名高い詩集のイメージであろう。アメリカ文学において、「自由詩の父」と呼ばれるホイットマンは、同性愛者あるいは両性愛者と言われ、詩集『草の葉』は、叙事的な壮大な世界のうちに、力強く生々しい性的表現が現れる。いかにも建の心をとらえるのにふさわしい詩人である。

「おれは電熱の肉体を歌う
おれの愛する者たちがおれを包みこみ、おれもそいつらを包みこむ、

＊ホイットマン―アメリカの詩人。従来の詩型を破る「自由詩」を駆使して、自由・平等・友愛をうたう。詩集「草の葉」は名高い。（一八一九―一八九二）

そいつらはおれを離してはくれない、おれが頷くまで、応えるまで、
清めてやるまで、そして魂の電力でいっぱいに帯電させるまで。（後略）」
（「おれは電熱の肉体を歌う」飯野友幸訳）

躍動的な自由詩と端正な定型詩の違いはあっても、「電熱の肉体」「魂の電力」などの詩句の熱さは、建の世界とも通い合うものだ。

そして、一九三八年生まれで、少年時代に戦争を体験した建にとって、アメリカは、やはり自由と解放をもたらした憧れの国であっただろう。建もまた、戦後という時代の子であったことを忘れてはなるまい。

「逞しく草の葉なびきし開拓地」——遠いアメリカの熱情を想う心は自身に還り、「つねに夜明けに男根は立つ」——屹立する男根の孤独が迫って来る。しかし、それは夜明けのしるしなのである。

## 13　宇宙服ぬぎてゆくとき飛行士の胸にはるけき独唱（アリア）は澄めり

ソ連のガガーリン*が最初の有人宇宙飛行に成功したのは、一九六一年である。アメリカのアームストロング*たちが月面着陸したのは六九年だ。

『未青年』刊行の六〇年から、『行け帰ることなく』の七〇年までは、ソ連とアメリカによる、国の威信をかけた宇宙開発競争の時代でもあった。建は時代に鋭敏に反応している。

しかも一首は、「宇宙服ぬぎてゆくとき」という、地球への帰還、言い換えれば初めて知った宇宙との訣別の時をとらえている。「はるけき独唱（アリア）*」とは、宇宙の歌声であろうか。その声は、別れようとする飛行士の胸に高らかに澄んで響くのである。

古来、人間は、天界の音楽をさまざまに想像して来た。たとえばキケロ*は、

【出典】『行け帰ることなく』

*ガガーリン―ソ連の軍人・宇宙飛行士。人工衛星ヴォストークで地球を一周。人類初の宇宙飛行。（一九三四―一九六八）

*アームストロング―米国の宇宙飛行士。史上初の月面着陸に成功したアポロ11号の船長。（一九三〇―二〇一二）

*アリア―オペラなどの劇音楽や宗教声楽曲で歌われる器楽伴奏つきの旋律的な独唱歌。多くは技巧的。

*キケロ―古代ローマの政治

『国家について』の有名な「スキピオの夢」の一節で、天体の軌道が奏でる甘美な和音に言及している。シェイクスピアの『テンペスト』*では、先住民のキャリバン*だけが天上の音楽を味わうことができる。

しかし、そのはるかな憧れの世界を生きた人間の身で知ってしまったことは、初期の飛行士たちの心に大きな負荷をもたらした。ガガーリンは、ソ連の広告塔として政治的に利用されたためもあって、精神的に弱り、飲酒や自傷行為を起こし、三十四で事故死している。また、アームストロングに次いで月面着陸したオルドリン*は、帰還後、鬱病を患った。

文字通り澄んで美しい一首は、そのような飛行士たちの葛藤を思うと、一層深く心に響いて来る。建もまた、遠く宇宙のアリアを聴いた一人であったかも知れない。

家・哲学者。博学・多才と雄弁で名声を得、三頭政治の開始以来共和制擁護を主張。アントニウスと対立し、暗殺された。その文体はラテン語散文の模範とされる。（前一〇六—前四三）

＊『テンペスト』—「嵐」の意。シェイクスピアの最後の喜劇。一六一一年頃初演。弟に所領を奪われて孤島に流された公爵が、嵐を呼び起こして船を難破させて復讐するが、やがて和解するに至る伝奇的浪漫劇。

＊キャリバン—召使いの怪物。

＊オルドリン—エドウィン・E・オルドリン・ジュニア。アポロ11号にも乗船。

14

# 凶行の愉しみ知らねばむなしからむ死して金棺に横たはるとも

【出典】『行け帰ることなく』

*旧約箴言―旧約聖書中の一書。格言、教育、道徳訓を多く含む。

凄まじい一首である。「人肉供物」と題された一連の冒頭にあり、「汝もし食を嗜む者ならば汝の喉に刃をあてよ」という「旧約箴言*」が詞書に記されている。

この世に生きて凶行の愉悦を知らないなら、死んで豪華な棺に横たわってもむなしいであろう。そのような人生は生きるに値しないのだ。

恐ろしい言挙げであるが、心に強く響くものがある。実は誰もが「凶行」をひそかに夢見ているのではないか。

『未青年』の世界がさらに激しく展開する「人肉供物」は、建の全作品の中でもとりわけ注目される連作である。

屠場の広場いのち司どるわかものが雲の分布を見つめてをりぬ
いのち断つ選ばれし手をわかものは寒の囚獄で磨きて来たり
殺し場をしらしらと日ざしが洗ひをり求めし聖地と人に告げたし

続く歌から引いた。舞台は獣の屠殺場であることがわかる。生命を殺し食べる営みが問われている。しかし、「凶行」の示すものは殺人であろう。獣にことよせて、殺人への強い憧れが歌われているのだ。

これから獣を殺そうとする「わかもの」が「雲の分布を見つめて」いる光景は静けさゆえに却って凄惨である。天からの啓示を受けようとするのか。「いのち断つ選ばれし手」は、監獄で磨き抜かれた精鋭の輝かしい手である。「殺し場」こそが「求めし聖地」であると、建は私たちに告げようとしている。

果たしてその生涯は、「凶行の愉しみ」を知らないむなしいものであったのか否か。もはや問うすべもない。

15

# 花の管また人体の神経図ひらきて母を恋ひし日はるか

【出典】『行け帰ることなく』

建の終生の主題のひとつが母恋いだった。

現実の建も生涯母と共に暮らし、母を優しくいたわり通したが、それとは別に作品の中で、母を愛の対象と定めていたようだ。逆に、反抗の対象とされたのが父だった。しかし、現実の父との関係は良好だったようである。そうした虚構の父母とのドラマが、建の歌の骨格を形作っている。

一首は幼い日を歌う。図鑑などを開いて、花の管や人体の神経図に見入る少年は、生命の根源を夢想する。少年はそこに性を想い、原初の性の象徴として母を想う。イメージは美しいが不穏である。

ああ刧初いのちは誰が賜ひしか赤き乳頭を母はもてりき

一首の前にはこの歌が置かれている。「ああ刧初」という切迫した歌い出しに狂おしい情念が響く。これらはいずれも、「人肉供物」の一連に収められているのだ。「凶行」に駆り立てられるこの生の源とはいったい何なのか。渾身の問いの答えとして挙げられるのが、母の「赤き乳頭」である。

さらにもう一首前の歌を見よう。

血（ち）と乳（ちち）の語源おもひてゐたるとき臭ひ蘇（かへ）りこし乳の木の森

「乳の木」とは銀杏の異名である。幹に垂れる気根を乳房に見立てたという。銀杏の実の強烈な臭いが、「血」と「乳」の音の近縁に惹かれる心に激しく蘇って来るのである。

ここで母恋いが、明らかに血の嗜好に重ねられる。「凶行」への憧れを含むすべての源は、母への純粋な思慕なのであろう。

16

# 花編みてひとり惨劇を創りゐし幼児期よ相抱く父母見ざれども

【出典】『行け帰ることなく』

花を編みながら、幼い子はどんな「惨劇」を創っていたのだろう。その無垢が恐ろしい。「相抱く父母」を見てしまったわけではないのに、もうその心には血を流す傷があり、破壊を求めずにはいられない衝動が渦巻いていた。

この鋭敏な子は、生きているものが必ず死ぬことも、父と母の間に自分の知らない秘密があることも、本能的に察知する。ならばいっそこの世界を崩壊させようと、花を編むようにドラマを創り上げる子は、既に芸術家の孤独を知っているのだ。

建が演劇を愛し、戯曲を書くのみならず、「ぐるーぷ鳥人」*という劇団まで組織していたのも、幼児期の記憶の名残であったのかも知れない。

一首は「人肉供物」の「花の管また人体の神経図」(15)の歌の後に置か

*「ぐるーぷ鳥人」――巻末「略年譜」参照。

れており、母恋いの主題の変奏とも言えよう。

　刃をあてむとふ人あらば上げむわれの肉すこやかに母は育てくれにき
　快楽のためにのみ生き生きと断つなれば燦たるわれの若さを上げむ
　死ぬかと問はれ死ぬと含羞みいはむ日のこころの薄暮に慰さまむとす

　続く三首である。母恋いは、「すこやかに母は育てくれにき」と自己に向き、「惨劇」の対象が「われ」になっている。「刃をあてむとふ人あらば上げむ」「快楽のためにのみ生き生きと断つなれば」「死ぬかと問はれ死ぬと含羞みいはむ日の」——快楽のための死を、「われ」は肯定し、求めている。「相抱く父母」とは異なる愛の形を、「われ」は選ぼうとしている。それは幼い日に創造した「惨劇」につながるものでもあった。

17

# ちちはのこときれむ彼方ひかり零るその日美しくわが老ゆべし

【出典】『夢の法則』

父母の死を夢想する、不吉な毒を含んだ一首である。しかし、今読むと、「その日美しくわが老ゆべし」に胸を衝かれる。建には老いの日はついに来なかった。六十五歳の壮年の死であった。

だが、一首を詠んだ若い建には、自身のすこやかな老いのイメージがあったのだろう。「ちちはのこときれむ彼方ひかり零る」という遠い未来の光に輝く、美しい銀髪が想像される。

「われの若さを上げむ」など、激しい夭折への希求の一方で、澄みわたるような老いもまた、建の理想に叶っていたのだ。

実際、建の両親は長寿であり、父・濵は八十二歳、母・政子は九十四歳まで生きた。建もまた癌という宿命的な病との出会いがなければ長寿であったに違いない。老い極まった建の、すがすがしく、それでいながら妖美な作品を読むことができたらと思うと無念でならない。

一首は詩歌集『夢の法則』*の最初の歌である。その前には「履歴書」という詩があり、「父なる暴力をあがめて／私は生きる決心をした（中略）母なる優しさを慈しんで／私は詩を書いた」と結ばれる。表現者としての父と母の位置を定めている。

一首の後に続くのは次の歌である。

情熱のなき子であれと骨肉に言ひしゴッホを父母は知らず

過剰な情熱をもてあます芸術家の苦しみを、ゴッホ*は肉親には味わわせまいとした。同様の建の苦しみを知らない父母の慈愛が、あるいは重荷でもあったか。

毒を含んだ一首はいっそう美しい。

*『夢の法則』―（七四年二月、湯川書房刊）。巻末「略年譜」参照。

*ゴッホ―オランダの画家。印象派と日本の浮世絵の影響を受けた。後期印象主義の巨匠の一人。表現主義の創始者ともされる。しばしば精神病の発作に悩まされて、ピストル自殺した。（一八五三―九〇）

## 18 星空のカムパネルラよ薄命を祝ふ音盤（ディスク）のごと風は鳴る

宮沢賢治の童話『銀河鉄道の夜』*で、主人公の少年ジョバンニは、親友のカムパネルラと銀河鉄道の旅をするが、銀河鉄道がサウザンクロス*を越えてしばらく行くと、カムパネルラは、「あっあすこにいるのぼくのお母さんだよ。」と叫んで見えなくなってしまう。目が覚めたジョバンニは、カムパネルラが川に落ちた友人を助けて溺死したことを知る。

ものを創る人間、自己を見つめる人間は、どうしても透明なカムパネルラにはなり得ない。生きるジョバンニの側にいるしかないのである。天の蠍*のように、みんなの幸（さいわい）のために犠牲になろうとジョバンニと言い交わした直後に消えてしまうカムパネルラこそ、真に神に愛された存在なのだろう。

そして、建の美学からして、無垢なカムパネルラは少年の中の少年であり、

【出典】『夢の法則』

*『銀河鉄道の夜』―孤独で貧しい少年ジョバンニが、級友を救って自らは溺死した親友カムパネルラとともに夢の中で死者の旅する銀河鉄道に乗って星座の駅を巡る幻想物語。

*サウザンクロス―南十字星。

*蠍―弱肉強食の世界からの救済を説くたとえ話として少女に語らせる。「わたしはいままでいくつのものの命をとったかわからない、

限りない愛の対象であろう。

宮沢賢治と建との結びつきはやや意外な感じもする。賢治の特異な宇宙観や自然との強い交感力は、あくまで人間中心の建の世界とは位相を異にするように思われるからだ。

賢治について、建の意見を聞く機会がなかったのが残念である。だが、『夢の法則』は、『未青年』と同時期の作品だが、『未青年』の激情ではなく、より澄んだ詩のエッセンスから成っているので、賢治の世界にも溶け込めるのかもしれない。

一首は「薄命を祝ふ音盤(ディスク)のごと凪は鳴る」という美しい比喩が忘れがたい。建にとって夭折は常に嘉されるべきものであった。「音盤(ディスク)」の響きがそれにふさわしい。


その私がこんどいたちにとられやうとしたときは、あんなに一生けん命にげた。(中略)神さま。私の心をごらん下さい。こんなにむなしく命をすてずにどうかこの次にはまことのみんなの幸のために私のからだをおつかひ下さい」

## 19 わが分身さまよひゆきし古代にてパピルスの数字読むを覚えぬ

【出典】『夢の法則』

明るく楽しい一首である。こうした澄みわたる抒情の世界も建の天性であった。最晩年の『朝の水』などの清明な境地もこの延長線上にあるものだろう。

パピルスはカヤツリグサ科の多年生植物で、その地上茎の繊維をシート状に成形したものに文字などが記された。古代エジプトで生産が始まり、ギリシャ・ローマでも広く用いられた。

作中の「われ」の分身がさまよって行ったのは古代のどこだろうか。建ならばやはり三島由紀夫ゆかりのギリシャかとも思うが、少年王ツタンカーメン*のいたエジプトかも知れない。

パピルスの数字は何を表していたのか。農作物の量か、あるいはまた税の

*ツタンカーメン―古代エジプト第18王朝の少年王（在位、前一三六二―前一三五二頃）。テーベの神官らの圧迫によ

計算か。詩や文でなく数字というところに具体的なイメージの喚起力がある。
一首の前後の歌はむしろ暗い。

肉葉の青き棘ぬく憂鬱にひとりの時は過ぎてゆくなり
われよりも烈しきものに打たれたく風哭く冬の夜をさまよへり

サボテンと思われる肉葉の青い棘を抜く残酷な行為は「憂鬱」の表象であり、「われよりも烈しきもの」に打たれたい衝動を抑えることができない。
その激情の中にあって、ひととき、分身を古代にさまよわせてパピルスの数字を読むことで安らぎを得たのであろうか。まさに砂漠の中のオアシスのような一首である。

りアトン神崇拝に改宗。一九二二年王家の谷から完全な状態でミイラが発掘された。

20

# 一粒の麦わがために蒔かれあり肉欲はいやさらに清しきものを

【出典】『夢の法則』

「一粒の麦」は新約聖書ヨハネ福音書第十二章のキリストの言葉「一粒の麦もし地に落ちて死なずば、ただ一つにてあらん。死なば多くの実を結ぶべし」に由来した、アンドレ・ジッド*の自伝的小説『一粒の麦もし死なずば』*を指している。「ジイド論」と題された連作の一首である。

ジッドはこの小説で自身の同性愛を告白し、激しい肉欲の悩みを語っている。だが、異国の少年たちと彼が交わした性愛は、みずみずしい描写で心を打つ。また、オスカー・ワイルド*との交友と、その鋭い人物造型も忘れがたい。

建は、ジッドが蒔いた「一粒の麦」は「わがため」であると高らかに宣言し、「肉欲はいやさらに清しきものを」と、ジッドを作家として肯う。同じ

*アンドレ・ジッド―フランスの小説家・批評家。(一八六九―一九五一)

*『一粒の麦もし死なずば』―自叙伝。一九二六年公刊。幼年期から26歳、婚約するまでの回想で自分の欠点や悪癖が吐露されている。福音書の自由解釈と厳しい戒律の対立を扱ったとも。

*オスカー・ワイルド―イギリスの劇作家・小説家・詩

道を行く同志のような関係であろうか。

朝を吹く風の諧調みづみづしジイドの青春たるわれのため
日常を捨てて生きたし光と熱とむしろ音楽に似る初夏の日は
命への門窄ければ力つくし入れと昧爽に読みし書を置く
正確な文体をもたらす真摯(サンセリテ)今朝は迷はず友を慕はむ

一連の冒頭から引用歌までの四首である。

「ジイドの青春たるわれ」とみずから名乗り、ジッドの旅のように「日常を捨てて生きたし」と希う。「むしろ音楽に似る初夏の日は」に、建独特の自由な感覚がある。「命への門窄ければ」は無論『狭き門』であろう。「正確な文体をもたらす真摯(サンセリテ)」と「友」とは、建が終生求めたものであった。

「ジイド」の表記をフランス語の原音に近い「ジッド」に改めたいと、建がかつて語っていたことが思い出される。

人。世紀末文学の代表的作家で、耽美主義文学の代表者。芸術のための芸術を提唱。戯曲「サロメ」、小説「ドリアン＝グレーの肖像」、童話「幸福な王子」。(一八五四—一九〇〇)

21

# 麦を踏む裸足しなやかにわれの住む東方の村日は高くして

【出典】『夢の法則』

「麦を踏む裸足」とは少年だろうか。「東方の村日は高くして」という眩しい光に満ちた一首である。

『夢の法則』は、『未青年』と同時代、あるいはそれ以前の少年時代の作品を収めたと言われるが、このように整った美しい歌を読むと、完成度の高さに舌を巻かずにはいられない。

「東方の村」とはどこだろう。日本的な風景ではなく、一種の理想郷、アルカディア*というような雰囲気がある。

*アルカディア―古代ギリシア南部、ペロポネソス半島中央部の丘陵地帯。後世、牧歌的な楽園にたとえられた。

実はこれも先の一首に続いて「ジイド論」の一連に入っている。

少年の友とをりにき脱穀機踏めば金いろに飛ぶ裸麦

ジイドよわれは情熱を欲る日もすがら金いろの裸麦に埋れて
天秤に塩と精液この夜更け生きる悩みを量らむとして
発見せり(ユリイカ)忘我のわれに降ることばオレンジを搾るとき光吼ゆ
兄たりしワイルドの恋英雄は遺瀬なく悲劇を逐ひつめてゐし

一連からなおも引いた。やはり主人公は「少年」である。「友」も「われ」も輝く若さで脱穀機を踏む。「金いろに飛ぶ裸麦」の至福のエロスは、「ジイドよ」と情熱を欲する激しい呼びかけにつながる。

「天秤に塩と精液」の衝撃は今も生々しい。無垢ゆえの苛烈さが傷を求めている。

「発見せり(ユリイカ)」の「忘我」に「オレンジ」が滴り落ちる。

しかし、「兄たりしワイルド」は既に時間に犯されている。「光」は永遠ではないのだ。

22

# 青嵐過ぎたり誰も知るなけむひとりの維新といふもあるべく

【出典】『青葦』

青嵐は過ぎた。誰も知らないであろうひとりの維新というものもあるだろう、いやあるべきなのだ。

「維新」という言葉は軽薄な政治家たちに汚されたが、この一首はそんな時代と関わりなく凛と立っている。たしかに作中の「われ」そして建はひそかな「維新」を行ったのである。なぜ「革命」ではなく「維新」であったか、もはや問うすべもない。

「維新」とは『詩経』* から採られた言葉である。和訓では「これあらた」と読み、変革を意味する。

一首は『青葦』巻頭の「帰宅」の一連の最後に置かれている。『行け帰ることなく』で歌と別れた建は、『青葦』で歌の世界に帰って来た。みずから

*『詩経』―中国最古の詩集。五経の一。孔子の編と伝えるが未詳。西周から春秋時代に及ぶ歌謡三〇五編を風・雅・頌に分けて収録。現存のものは「毛詩」とも。

それを、聖書の「放蕩息子の帰宅」*になぞらえたものだ。

建が「帰宅」した背景には三つの死があった。父の死、「わが生のまらうど」と呼んだ友の死、そして三島由紀夫の死であった。三島の死は『行け帰ることなく』が刊行された一九七〇年、父・春日井瀇の死は一九七九年、友の死は未詳である。

父が編集発行人であった歌誌「短歌」*（中部短歌会）の後を建が引き継ぐことになったのが、文字通り「帰宅」のきっかけだった。

『未青年』から「青」の一字を採った『青葦』の意味は重い。青春の頂点で別れた歌と壮年で再び逢うためには、命がけの「維新」の覚悟が必要であったのだ。

ここからの建がのちに私の出会った建である。気品高く温顔を絶やさない紳士であったが、内に白刃を呑んでいる凄味がほのかに伝わる人だった。

＊放蕩息子の帰宅――「ルカによる福音書」（15・11～32）に記されている。放蕩によって外国で財産を使い果し、帰ってきた息子を父親が許し、喜び迎え入れる。

＊「短歌」――中部短歌会が発行する雑誌。一九二三年二月、浅野保、春日井瀇、三田澪人らの同人誌として発行。当初は伝統的な作風が主流だったが、多様な個性を柔軟に受け入れる社風だった。七九年以降は建が編集、発行人。以後は、実験的、今日的作風にも開かれた誌面となっていた。

23

## 返すべき礼(ゐや)ともことば生るる秋絶えて会ふことなけれど父よ

「ことば」は亡き父に「返すべき礼(ゐや)*」として生まれる。建の後半生の歌を大きく定義づける一首である。「絶えて会ふことなけれど」父は存在する。

爾後父は雪嶺の雪つひにして語りあふべき時を失ふ
劇中劇のあやまちし間のごとくにも見つめ合ひ語らざりし終の日
薄雲に入れる白月ひとり打つ碁のいつしらに亡き父と打つ
戦ふは劫(カルパ)かたみに打ち返し父よ無量のおもひ積むのみ
叛きしも定石なるべし搏たるるにふさひし十七歳の白暁
父は背を向けて去りにき子の頰を平手打つべき朝なりしを

【出典】『青葦』
*礼(ゐや)—感謝の気持を表わす、お礼のことば。

これらの父に対する大きな悔恨の思いは何だろう。

「雪嶺の雪」として仰ぐばかりになった父と「語りあふべき時を失ふ」という、取り返しのつかない感情が表出される。「劇中劇のあやまちし間」に喩えられる葛藤は、真実あったのだろうか。実はこの比喩が示唆するように、すべては虚構のドラマの台本通りだったのではないか。

「亡き父と打つ」碁の歌が印象深い。「戦ふは劫（カルパ）かたみに打ち返し」―父との戦いは、互いの無限の時間を背負って行われる。囲碁で「劫（こう）」というのは、交互に石を取り無限に続きうる形だそうだ。仏教で「劫（カルパ）」とは、非常に長い宇宙論的な時間を言う。ここはいわば二つが掛詞になっている。

無限の時の中で、すべては最初から定められていたのだ。父に叛いたことも、父が背を向けて去ったことも、そして父の死後「礼（ゐや）」としてことばを返すことも。

24

# 一瞬を捨つれば生涯を捨つること易からむ風に鳴る夜の河

【出典】『青葦』

ヴェニスの旅の一首である。長らく私にはこの歌の意味がわからなかった。一首単独で読んで、今のこの一瞬を捨てることができるなら、生涯を捨てることはたやすい、なぜなら生涯もまた一瞬の連鎖であるから、という意味かと考えていたが、納得には至らなかった。

しかし、今改めて「ヴェニス断片」と題された一連を読むと、これは入水を暗示しているような気がする。そしてまた水に沈む都と運命を共にするイメージもあるだろう。建の中に深く存在する死への渇望がこの一首の背景であろう。「生涯を捨つること」を生涯の目的としたような、不思議な逆説が建の美学の根幹に在った。

海の辺のテラスの裸像石なれば年経て若し沖を望める
ただよへる雲に応へて石ながら男の腹部照り翳りゐつ
うちつけに大運河ふりむけば小運河黒き喪の舟はわれを誘ふ
水が守り水にて亡ぶ都なれ遠潮騒の夢に入りくる
誰か聴くわが聴かずして素裸の友の夜明けの呼吸ととのふ
呼気吸気若ければ清くかつ深し安けくあらむ水のへの眠り
水中に沈み入るきは絨毯のま青き薔薇(さうび)咲き香るべし

前後の歌を読むと、「石ながら男の腹部照り翳りゐつ」という残酷な欲望の視線、「黒き喪の舟はわれを誘ふ」という死への親和性、そして、「水中に沈み入るきは」の「ま青き薔薇(さうび)」が若い友の死に歓喜するような嗜虐の美に慄然とする。

25

# その首を絞めねどやさしく手をまはし二人し生きむ深き淵より(デ・プロフンディス)

【出典】『青葦』

＊教会カンタータ—17〜18世紀バロック時代にイタリアで始まり、北ヨーロッパで発達した声楽曲。独唱、重唱、合唱、器楽伴奏よりなる。

『深き淵より』はバッハの教会カンタータ＊で、詩篇百三十番に拠る。主にあわれみを求める声から成っている。有名な冒頭の部分を引こう。

「ああ主よ、われふかき淵より汝をよべり
主よねがはくはわが声をきき、
汝の耳を
わがねがひの声にかたむけたまへ」

この言葉と、一首の内容をどう重ねてとらえたらよいだろうか。私の知る限り、建は信仰を持たず、霊魂や死後の生も無いと言っていた。では、一首は神に呼びかけてはいないのか。「デ・プロフンディス」とルビが振られた結句からは、やはり神を意識したものと読める。

だが、「その首を絞めねどやさしく手をまはし二人し生きむ」は、神に訴える願いとしてはいかにも不逞である。首を絞めるのは愛の仕草なのか。「絞めねど」と見せ消ちにされた行為は一層エロティックだ。

これは、神に対する挑戦の辞ではあるまいか。

一首は「表情」という短い一連に収められている。若い「友」が主役である。

明らけく思弁ふかまりゐるならむ額若く伏す友を目守りぬ

オートバイ見棄つる決意わが友にこれより帰依するものあるな何も

まつぶさに汝の大事を見つくせり寒ひとときの椅子に向き合ひ

これらの歌から読み取れるのは、「友」がオートバイに乗るのを断念するというストーリーである。何か危険があったのかもしれない。

作中の「われ」はその「友」を守り、神に抗っても共に生きて行こうとするのだ。「深き淵より」発する愛の宣言なのである。

26

# 死ぬために命は生るる大洋の古代微笑のごときさざなみ

【出典】『青葦』

「死ぬために命は生るる」は冷徹な真理だが、下の句の優美な比喩によって匂いやかな光輝を帯びる。「古代微笑」とはいわゆるアルカイックスマイル*であり、たとえば初期のギリシャ彫刻が想定される。死、海、ギリシャ、すなわちこれは三島由紀夫の世界でもある。

一首は三島に捧げた最終章「春の餞」の冒頭の一連「頌歌」に収められているのだ。

「ギリシャの古詩を愛読して久しい。

少年の私にヘレニズムの美を教へた人は、自ら死を選んだ。

歌がイオニヤ式*の円柱のやうに立つことを願ひながら、これは死者への頌歌（オード）である。」という詞書がある。

*アルカイックスマイル―ギリシア初期の人物彫刻の口辺に見られる微笑。中国六朝時代や日本の飛鳥時代の仏像の表情をもさす。

*イオニヤ（ア）式―古代ギリシア建築の柱の様式の一。イオニア地方に興った

「歌がイオニヤ式の円柱のやうに立つことを願ひながら」に、建と三島に共通する純粋で苛烈な美学がこめられている。

わが春に餞（はなむけ）のことば賜ひたる人ありき海潮の盈つれば想ふ
行く人よ伝へてよ眠りゐる友の楯の胸処の一花くれなゐ
薔薇咲けりさあれ戦士は昏々と眠る急湍に四肢横たへて
わが友の最後は遂に語るなし月桂樹（ロリエ）の蔭の死にあらざれば
雲の根に波濤吸はるる夕まぐれかのひとは巨蟹宮に入りしか

建の春を華々しく彩った三島の「餞（はなむけ）」への想いに始まり、まさに歌集『青葦』の白眉とも言うべき格調高い頌歌である。
「月桂樹（ロリエ）の蔭の死にあらざれば」に、三島の政治思想には同調しなかった建の複雑な胸中がうかがわれる。
「かのひとは巨蟹宮に入りしか」と、蟹を恐れた三島の性癖に触れているのも愛ゆえであろう。建と三島の間には余人の立ち入れない領域があったことを痛感する。

もので、ドリス式に比べて優雅。柱は細身で礎盤があり、渦巻形の柱頭をもつ。

27

# 鏡をば虚無の中枢に射し入れて星を得たりしエドモンド・ハレー

【出典】『水の蔵』

「鏡をば虚無の中枢に射し入れて」は、天体観測の比喩であろうが、重い言葉である。建には、宇宙とは虚無であるという認識があったのだろうか。

エドモンド・ハレー*（一六五六〜一七四二）の発見になるハレー彗星は、一九八六年に地球に接近している。その時期の作品であろう。一首を最後に置く一連の題もまさに「彗星」である。

水素雲ひろごる星の速やかに近づきて魂の涼しむ秋か
遠ざかりまた巡りくる友誼とも走りきたらむ彗星の核
二十歳（はたち）にて朽つと詠ひき夭生と言ひにき彼ら水の上の虹
夭（わか）くして逝きにしものにかかはらね天文のこと寂しと思ふ

*エドモンド・ハレー――イギリスの天文学者。ハレー彗星の認定者。水星の軌道算定や恒星の固有運動を発見した業績がある。14歳年長のニュートンとは師弟以上の友好を結び、研究を支援した。

少年の彗星捜索機（コメット・シーカー）置く露台この夜は天降（あも）るひかり多かれ
とほき雷ふく風の音かそかなる天に属するもの聴き分けて
静けさのおのづからなる星あかり雲の表は青染まりつつ

一連全部を引いてみた。一首目「魂の涼しむ秋か」は古典和歌に通じる典雅な趣が建らしい。そして「遠ざかりまた巡りくる友誼とも」と、常に〈友〉の観念が寄り添うのも建の独自性である。

「夭（わか）くして逝きにしものにかかはらね天文のこと寂しと思ふ」とその前の歌の、夭折者また夭生者への熱い心寄せを読むと、対極の虚無の中枢にエドモンド・ハレーがいるようである。しかし、「少年の彗星捜索機（コメット・シーカー）」に見える天文少年は、ハレーの遠い分身ではないだろうか。ハレーもまた建の「友」としてとらえてよいのではないか。

28

# 少年ヨハネの受苦を思へり忘れ潮ひかる汀を素足に歩み

【出典】『水の蔵』

『ヨハネによる福音書』と『ヨハネの黙示録』で知られるイエス・キリストの使徒ヨハネ*は、使徒たちの中で最も若い少年であり、イエスに愛された弟子と言われる。絵画でも女性的な美少年として描かれ、イエスに寄りかかっていることが多い。そこからイエスとの同性愛的な交流のイメージを感じ取ることも無理ではないだろう。

一首は少年に心を寄せる建らしいが、「忘れ潮ひかる汀を素足に歩み」の主語は、「われ」であろう。壮年になった「われ」が、ふと少年に戻って、ヨハネに通う若き日の受苦を想っているのかも知れない。ならばイエスは誰か。三島であろうか。そのような想像力を喚起する一首なのだ。

しかもヨハネは使徒たちのうちただ一人、殉教しなかったと伝えられる。

*ヨハネ―十二使徒の一人。兄弟ヤコブと一緒にイエスの招きにより弟子となった。弟子たちのなかでもイエスからとりわけ信頼されていた人物である。熱心で激しやすい性格のゆえにヤコブとともに「雷の子」と呼ばれ、有能な説教者として重要な役割を果した。

聖母マリアを守ったという伝説もあるが、三島と最後の行動を共にしなかった建に重ね合わせることもできよう。

そして、一首が収められた一連「ヨハネ」を読むと、まさしく建こそヨハネなのである。

麻の衣まとひて水辺行きゆけば主に従きゆきし使徒のごとしも
来よといふひとに従きゆきて琅玕の夜をヨハネはいかに越えけむ
最愛の弟子たりし幸思ひつつ別れたる日の痛みに及ぶ
告げむとし口をひらくに血をふけり心に割礼受けたるならむ

このあとに掲出の一首が来て結ばれるのだが、中でも「最愛の弟子たりし幸思ひつつ別れたる日の痛みに及ぶ」の対象は三島ではないだろうか。ゲッセマネ*の夜を共に越えた二人が、どのように別れざるを得なかったのか。それを告げようとする口は血をふくのである。どれほどの想いであったことか。建も、またヨハネも。

*ゲッセマネ―エルサレムの東方にある園。キリストが背教者ユダの導くユダヤ人に捕えられる直前に最後の祈りをささげた所と伝えられる。

# 29 日表の水面にそそぐ薄き雨きらきらとわれらに新生あれな

「日表」とはゆかしい言葉である。日が差しながら水面にはきらきらと薄い雨が注ぐ。そして「きらきらと」は、「われらに新生あれな」にも掛かっている。

「新生」*とは何か。連想されるのは、ダンテ*の若き日の詩集『新生』である。永遠の女性ベアトリーチェへの愛がみずみずしく形象化されている。「われら」にもそのような愛があってほしいという願いであろうか。

しかし、ベアトリーチェは他の男性と結婚し、若くして亡くなる。相手の夭折の恐れを含みながら、愛を確かめている一首のようにも思われる。

だが、一連「新生」を読むと、印象はいささか異なるのだ。

【出典】『水の蔵』

＊「新生」─「新生」とは実在の女性（ベアトリーチェ）から霊感を受け、この女性に対する神秘的な崇高な愛によって得られた新しい生命の意。ダンテ一二九三年頃の叙情詩集。

＊ダンテ─イタリアの生んだ最高の詩人。終生の理想の女性ベアトリーチェを主人公として人類救済の道を示そうとした大作、叙事詩「神曲」（一三〇七〜二一頃）など。（一二六五─一三二一）

61 **高橋虫麻呂と山部赤人**（たかはしのむしまろとやまべのあかひと）［多田一臣］
長歌の達人高橋虫麻呂　人麻呂と双璧をなす山部赤人

62 **笠女郎**（かさのいらつめ）［遠藤 宏］
大伴家持への恋のみを歌い続けた奈良時代の女流歌人

63 **藤原俊成**（ふじわらしゅんぜい）［渡邉裕美子］
古典主義的立場から幽玄の理念を樹立した平安歌人

64 **室町小歌**（むろまちこうた）［小野恭靖］
気軽に口ずさめる短い庶民的な流行歌謡

65 **蕪村**（ぶそん）［揖斐 高］
芭蕉も及びえぬ境地を、画家としての眼が切り開いた鬼才

66 **樋口一葉**（ひぐちいちよう）［島内裕子］
伝統的美意識を凌駕し、近代文学の扉を開いた天才歌人

67 **森 鷗外**（もりおうがい）［今野寿美］
短歌という詩型にあくなき執着を込めた文豪鷗外

68 **会津八一**（あいづやいち）［村尾誠一］
生涯歌壇の外に身を置いた、奈良大和を歌う学匠歌人

69 **佐佐木信綱**（ささきのぶつな）［佐佐木頼綱］
万葉の短歌観に自らの精神を引き継ぐ歌人・国文学者

70 **葛原妙子**（くずはらたえこ）［川野里子］
塚本邦雄に「幻視の女王」と称された戦後の代表的歌人

71 **佐藤佐太郎**（さとうさたろう）［大辻隆弘］
アララギ派の「写生」を超え、新境地を切り開いた歌人

72 **前川佐美雄**（まえかわさみお）［楠見朋彦］
二十世紀を力強く生き抜いた昭和の大歌人

73 **春日井建**（かすがいけん）［水原紫苑］
三島由紀夫が「現代の定家」と絶賛した天才歌人

74 **竹山 広**（たけやまひろし）［島内景二］
生涯歌い続けた長崎原爆への怒り

75 **河野裕子**（かわのゆうこ）［永田 淳］
永田和宏を終生、思い歌い続けた女流歌人

76 **おみくじの歌**（おみくじのうた）［平野多恵］
古今東西のおみくじ和歌の豊かな世界とルーツが鮮明に

77 **天皇・親王の歌**（てんのう・しんのうのうた）［盛田帝子］
古代から近現代まで、和歌というかたちで綴る天皇のことば

78 **戦争の歌**（せんそうのうた）［松村正直］
日清・日露から太平洋戦争までの歌五十一首を厳選

79 **プロレタリア短歌**（ぷろれたりあたんか）［松澤俊二］
労働者の叫びを知り、未来を拓く知識を獲得する歌五十首

80 **酒の歌**（さけのうた）［松村雄二］
大伴旅人、井伏鱒二…酒杯が人の生と死の悲しみから救う

## 特色

日本の著名な歌人を採り上げ、その代表作を厳選して紹介するアンソロジーです。
各歌には現代語訳、振り仮名、丁寧な解説つきで、高校生から大人まで、
幅広い年代層が親しめるように配慮しました。

## 仕様

定価：本体1,300円+税
四六判・平均128ページ・並製・カバー装

## 構成

解説・歌人略伝・略年譜・読書案内つき。

笠間書院
〒101-0064 東京都千代田区神田猿楽町2-2-3 NSビル
TEL 03（3295）1331　FAX 03（3294）0996
info@kasamashoin.co.jp　http://kasamashoin.jp/

● 全国の書店でお買い求めいただけます。● お近くに書店がない場合、小社に直接ご連絡ください。

河野裕子から森鷗外まで、
近現代の歌人を中心に
秀歌を厳選した
アンソロジーシリーズ。

第Ⅳ期

全20冊

笠間書院

# コレクション日本歌人選

Collected Works of Japanese Poets

## 刊行のご案内

いつまでの恋ならむ互み（かた）の俘囚ぞと繋船ホテルの卓にまむかふ
肉感のごとき食パン置かれあり陽光波（サンビーム）ひたす円卓のうへ
橋すぎて次なる橋もすぎきたる行きどまり大運河のひかりみづがね

冒頭から引いた。ここに掲出の一首が入る。

夕まけて茜に染まる跳ね橋を廃品芸術（ジャンクアート）のごとく見てゐつ

「互みの俘囚」「肉感のごとき食パン」「行きどまり」「廃品芸術（ジャンクアート）」などの言葉から清新な恋よりもむしろ、盛りを過ぎて頽廃の域に入った関係が浮かんで来る。「大運河」とはヴェニスかと思うが、記されていない。

逆説的に、袋小路に入った恋であるからこそ、ベアトリーチェの再来を求めて、あえて「新生」を歌ったのであろう。壮年の建の苦く深い想いを見る。

30

# 月の光受けてきらめきゐたりけり可視なる精神のごとき粗塩

【出典】『友の書』

この歌には思い出がある。「短歌」（中部短歌会、〔22〕参照。）初出では、「月の光受けてひかりてゐたりけり可視なる精神のごとき粗塩」だった。私は中部短歌の全国大会で、この一首を揮毫した短冊をいただいたのだ。しかし、歌集が刊行されると、掲出のように推敲されていた。

元の形では「光」と「ひかりて」の対比が焦点だったが、今の形だと下の句の「可視なる精神のごとき粗塩」がより強く浮かび上がって来る。「精神」は肉体のように輝かしく可視でなければならなかったのだ。ここにも三島に共通する美学*が見出せる。

そして「粗塩」とは、現代人の意識から失われてしまった存在ではないだろうか。「天秤に塩と精液」〔21〕（43ページ）の一首が想起される。現状を

*美学―三島の本質は耽美的で、52年のギリシア旅行以後はギリシア的健康に共感し、洗練された美意識と鋭

肯定せず、激しくおのれに抗うものを建は求めていた。

　太陽を裸眼に見たる痛みもて見たり無垢なるものの真裸
　熱雷の近づくけはひ躰に訊くといふ言葉あり訊けと思へる
　粗塩を鮑（あはび）にまぶし揉みしだき浜の夕餐をととのへむとす

「島の光」の一連に一首はある。「粗塩」は浜辺の料理のために用いられていた。しかし、「鮑（あはび）にまぶし揉みしだき」という行為の何とエロティックなことだろう。そこには「無垢なるものの真裸」が現前するのだ。
そして、掲出の一首ののちに置かれたのが次の歌である。

　されど肉は悲し汀にうち伏して火照る躰をしづめかねゐつ

マラルメ*の名高い詩句を踏まえつつ、真裸の「真実」が告げられている。

い批評精神を、音楽的な格調高い文体に包んで、調和と均整をめざす古典美の近代化に向かった。〔01〕〔05〕参照。

*マラルメ―フランスの詩人。ベルレーヌ、ランボーとともにフランス象徴派の最高位に位置し、詩は精緻にして難解、詩篇「牧神の午後」「エロディヤード」など。（一八四二―九八）

# 31 白波が奔馬のごとく駈けくるをわれに馭すべき力生まれよ

【出典】『友の書』

建は、ちょうどこの一首のような場面を描いた絵を持っていた。たしか、この歌を詠んでからその絵に偶然出会ったと語っていたような気がする。建は美術品のコレクターでもあり、ウォーホル*やローランサン*など、いろいろな作品を所持していたのである。

しかし、海と、またしても「奔馬」である。心の奥の三島との絆は、無意識の裡にも浮上するのだろう。白波の奔馬を馭して、作中の「われ」はどこに向かおうとしているのか。「力生まれよ」という強い言挙げが孕んでいるものを考えさせられる。

ガウンまとふ下は裸の若者と勝負をかけてカードを切りぬ

*ウォーホル―アメリカのポップアートの中心作家。様々な日用品や大衆的イメージを素材として、作品を映像的に構成する手法で有名。（一九二八―八七）

*ローランサン―フランスの女流画家。淡い優雅な色調で幻想的な少女像を描いた。（一八八五―一九五六）

襟元をすこしくづせり風入れておもふは汝(おまへ)かならず奪ふ

「半島にて」というこの一首を含む一連の歌である。

建の生前、これらの歌について深く思うことはなかった。しかし、今、多様な性の問題に光が当てられる時代に改めて読むと、これらの歌の場面の緊迫感が生々しく、生と性のドラマが美意識を超えて立ち上がって来る。「勝負」とはまさしく生死さえかけた「勝負」であり、「奪ふ」ものは全存在であったのだ。

掲出の歌の前後も引いておこう。

ラケダイモーンの人ら戦ひ死に就きし光の府にて眠りに入らむ

今に今を重ぬるほかの生を知らず今わが視野の潮(うしほ)しろがね

ラケダイモーン*すなわちスパルタ*の戦死者たちに心を寄せ、「今に今を重ぬるほか」ない生の激しい孤独が胸に迫る。

*ラケダイモーン―ギリシア神話上の人物でゼウスとタケゲテの息子。

*スパルタ―古代ギリシア都市国家。前9〜8世紀ドーリア人が建設し、のちギリシア全土を支配。前三七一年テーベに敗れ、衰退。軍国主義的体制、勤倹、尚武のきびしい集団教育が課された。

32

# 筋肉を鍛へるごとく文体を整へゐたり皐月白暁

【出典】『友の書』

この一首に出会った時、絶句した。まさに建である。建にとって文体は、鍛え上げられてしなやかに強くなければならなかったのだ。

折しもライトヴァースを経て、加藤治郎*、荻原裕幸*、穂村弘*などを中心とするニューウェーヴの口語短歌が開花した時代だったが、建は若手歌人たちの動きに深い理解を示しつつも、自身は終生文語を貫いた。文語の「筋肉を鍛へる」ことが建の歌の核心だった。

一首は「長老の詩*（テーラ・ガーター）」という一連にある。『仏弟子の告白―テーラガーター』（中村元訳）が岩波文庫に収められている。古代インドの宗教者たちの詩文である。今回初めて読んで、建の知識の広さに驚いた。

*加藤治郎（じろう）―一九五九年、名古屋市に生まれる。「未来」選者、岡井隆に師事。「口語は前衛短歌の最後のプログラム」と宣言。口語短歌の「ニューウェーブ」の旗手と称せられる。九八年、荻原裕幸・穂村弘とエスツー・プロジェクトという企画集団を結成。

*荻原裕幸―一九六二年、名古屋市に生まれる。塚本邦

長老（テーラ・ガーター）の詩打ちこみ置かむパソコンのファイル遠方の兄弟（はらから）のため

文語詩を入力させむ白画面はるかなる韻を愉しみにつつ

点滅しやがて定まる光る文字長老らなべて苦しみを経し

「欲ふ」と記し「思ふ」と読ます一行の身にしみて春は巡る幾たび

読むたびに火は勃（おこ）るなり精舎よりさまよひいづる若僧のこと

季の王を春と定めし古代詩のゆたかさや汝の若さを愛す

文語詩を入力する喜びと共に、長老たちの苦しみに対する心寄せが歌われる。それは禁欲の苦しみであったのか。「読むたびに火は勃（おこ）るなり」が凄まじい迫力である。当然、肉欲の「火」なのだ。「季の王を春と定めし古代詩のゆたかさ」に賛同する心も「汝」への愛ゆえであった。

建の世界においては、愛も芸術もすべて肉体を持つのである。

雄に師事。前衛的作風から、口語短歌へ着地。シュールな比喩表現や「記号短歌」の導入など、「ニューウェーブ」でも短歌革新運動の原動力となる。

＊穂村弘—一九六二年、札幌市に生まれる。歌誌「かばん」所属。加藤治郎、荻原裕幸とともに「ニューウェーブの口語短歌」運動を推進した。現代短歌を代表する歌人の一人。批評家、エッセイスト、絵本の翻訳家としても活動。

＊「長老の詩」—テーラ・ガーター（パーリ語 Theragatha）はパーリ語経典蔵小部に収録されている上部座仏教経典の一つ。テーラガーターは男性僧侶の信仰に関する歌を集めたもの。

33

# 鴨のゐる春の水際へ風にさへつまづく母をともなひて行く

【出典】『白雨』

*母・政子―父・濵(こう)とともに太田水穂に師事した歌人である。

「風にさへつまづく」年老いた母*を、建はほとんど初めて歌った。母の老いは背景としてはあったが、このように前景に大きく取り上げられたことに心境の変化を感じる。

歌集『白雨』は、「短歌研究」の三十首連載を中心にまとめられているが、そこで建は、日常にやや近い歌をテーマとしたのである。

『未青年』の時代から、母は、建にとって最愛の女性であった。だが、その母も齢を重ね、「風にさへつまづく」現実をいつくしむようにして、「鴨のゐる春の水際へ」伴うのである。

だが、この時点での建はあくまで健康であった。母政子も後年急逝するまで病を知らなかったので、これは老いても健やかで幸福な母子の姿である。

巻頭の「朝寒」の一連から採った。

薄明のもののかたちが輪郭をとりくるまでの過程しづけし
在ることの意識たしかに目ざめゆくトラジャ・カロシ*の豆挽きながら
一日一日齢(よはひ)を丁寧にかさねゐる母の未来の日数さはなれ
曇り日のうすく差しつつ沼の面に箔紋(はくもん)のやうに泛く鴨のむれ
日表の水の雲母(きらら)をおしわけて水禽の小さき胸はふくらむ

両親共に歌人である「歌の家」に生まれ育った建は、克明な細部による自然描写にも優れていた。
「薄明のもののかたち」や「在ることの意識」の確かさ、「箔紋(はくもん)のやうに」や「水の雲母(きらら)」のメタフィジックな美しさは、新しい日常詠の可能性を感じさせる。
一方で、「母の未来の日数さはなれ」が切ない。

*トラジャ・カロシ―インドネシア産コーヒーの中でも最高級といわれ、まろやかさを併せもった他に類をみないコクは多くのコーヒーファンを魅了する。

34

# 死を宿し病むとも若さ大雪の朝の光を友は告げくる

【出典】『白雨』

「友」のモデルとされた人は、当時の医学では死を予告された病にかかっていた。しかし、死の病を宿していようとも、それを上回る若さの生命力が、「大雪の朝の光」を告げて来たのである。そんな友の愛しさは限りもないだろう。

この友のことは、老いてゆく母と並んで、若過ぎた晩年の建の心を離れることがなかったと思われる。

免疫力弱りてあれば遠ざけよ雪虫を先だてて来たる寒気を

一首に続く歌である。これは前回の母の歌と同じ巻頭の一連にある。大雪、そして雪虫*という言葉から、友は遠い北国にいるようだ。子どものように大雪の光を喜ぶ友に、作中の「われ」は、寒気を遠ざけよと忠告しなければならなかった。

後年、建がガンを発病した時、これも免疫の病気だからという言葉を、私は建から聴いたことがある。ある意味で友と重なる病を得たことを建はいかに感じていたであろうか。

目とづれば浮かぶ俤泣くべきをかすかに顔をゆがめて笑ふ
力あらねば泪はいでぬと思ひつつ薄く微笑むものに向きゐつ
水と火と予感なべてにハイリスクの汝を揺さぶり春あらし吹く
病名は患者みづからに告げられき水のごとかりしかの夕つ辺に
みづからは知りつつ親に告げざるは臆病と偏見いづれわが友

次の「バース行」から。友にのしかかる病の圧力を知りつつも、「臆病と偏見いづれ」と問わねばならない苦しみが察せられる。

*雪虫—雪国で、晩秋から初冬の頃出現するワタムシの俗称。この虫が飛ぶと雪が近いと信じられているところから。

35

# 白雨きぬ今さら帰すべき母にあらざれば杖とともに濡れゆく

【出典】『白雨』

にわか雨が降って来た。だが、今さら老いた母を帰すことはできない。杖と共に二人で歩み続けるしかないのだ。

発表された時から、一見平明でありながら不思議な歌だと思っていた。「われ」と母は白雨*の中をどこへ行こうとしているのだろう。「今さら帰すべき母にあらざれば」に、この母子の運命的な関係性が見える。

「白雨」の一連はこの歌で始まっている。

この春に夫を亡くせし妹と母をともなふ日照雨*(そばへ)なす坂

採(と)れたての鮎を涼しく食(た)ぶるため川の真上にしつらへし床

雑木々が日照雨(そばへ)のしづく降りこぼす川の桟敷に昼餐をなす

*白雨(はくう)──白色に見える雨。はげしいにわか雨。夕立。

*日照雨──戯雨。日が照っているのに降る小雨。狐の嫁入り。

ここには夫を亡くしたばかりの妹も同行しており、母子三人で採れたての鮎を食べようと川床に向かうところだとわかる。日照雨など物ともしないのは、美食への嗜好ゆえかとも見える。

だが、一連のドラマは単純ではない。

谷川にあそぶ子供ら夏の陽に素つ裸(バースディスーツ)ほどよく似合ふ
夏木立の闇にひそむは妹よ万の太陽モルフォ*ならずや
イパネマ*の娘たりし日々幸福の招(よ)ぶ手に誘はれし汝なりしかど
喪のこころ癒やせよ光の水の辺に構へるもののなき母の辺に
夏茜(なつあかね)*ついととびきて川の辺に杖つく母の先達となる

子供の無垢な裸身を愛し、死の使いと信じられた美しい蝶に託して、ブラジルに暮らした妹の喪をいたわり、母を想う、重厚な壮年の劇なのである。

＊モルフォ―ラテン語(Morpho)は形態、美しいを意味する。
＊イパネマ―ブラジル・リオデジャネイロの近所。ファッショナブルな街。ビーチで知られ、日光浴や海岸で遊ぶ観光地として有名。
「イパネマの娘」歌詞―背が高くて日焼けしていて若くて美しいイパネマの女の子が歩いていく……。
＊夏茜―アカネ属のトンボの一種。日本全国に分布する。

36　死などなにほどのこともなし新秋の正装をして夕餐につく

【出典】『白雨』

この一首は発表以来、多くの話題に上った。「死などなにほどのこともなし」という小気味良い啖呵ゆえである。いかにも建らしい耽美の極まるところと読者は喝采したが、歌の内実は深刻であった。前にも記したように、共に夕餐につく友は、死を宿す免疫の病を患っていた。

無論、芸術と人生は同一ではない。しかし、この時建には、ありありと友に迫って来る〈死〉の姿が見えていたのかも知れない。なにほどのこともなし、自分が友を守り抜いて見せようという気概なのであった。

一連の名も「リド島即事」、事に即いて詠まれたものと解せられる。

いささかのワインがわれを眠らしむホテル・デ・バン*の午後三時すぎ

*ホテル・デ・バン――イタリ

ホテル・デ・バンは、映画＊「ヴェニスに死す」の舞台になったホテルと注にある。

短命と決めしは誰か沖合ひのシャンパンのやうな潮のひかり
さばしるは潮と日ざしとおもかげを傍らにするこの痛覚と
大広間の椅子にて待てり俤（おもかげ）が象（かたち）となりて戻りくるまで
鏡のまへ影ふりはらふ仕草して黒の背広の汝は微笑む

この次に置かれたのが、「死などなにほどのこともなし」である。明らかに〈死〉の影を振り払う友の仕草と呼応した言葉だとわかるだろう。
「おもかげを傍らにするこの痛覚と」「俤（おもかげ）が象（かたち）となりて戻りくるまで」の震えるような繊細な愛の表現は、まさに痛みを感じさせる。
「短命と決めしは誰か」——皮肉にも先に世を去ったのは建であった。

ア・リッチョーネのビーチに近い、アールヌーボ様式の壮大なホテル。
＊映画『ヴェニスに死す』——〔09〕参照。

## 37 欠けてゆく月ありしばし眼をとぢて肩に汝が頭(づ)を感じゐたりし

【出典】『白雨』

前の歌と同じく「リド島即事」からの一首である。偶然皆既月蝕に出会ったことが歌われている。月が欠けてゆく時、しばし目を閉じて肩に寄りかかる若い友の頭の重みを感じていた。奇跡に近い幸福であったかも知れない。甘美極まりない歌が続く。

日逝き月逝きこの蝕の夜にわれら会ふかぎりなく全円に近き幸福
*マーラーの第五番第四楽章の*アダージェット　月は全円を影となしたり
わが海と静かの海と響きあふ始終を*デ・バンのテラスにて見つ
*アッシェンバッハわれより若くこの島にとどまりたりき浜辺の死まで
いづこにて死すとも客死カプチーノとシャンパンの日々過ぎて帰らな

*マーラー―オーストリアの作曲家・指揮者。ボヘミア生まれ、ロマン派最後の世代。ワーグナーの影響をうけ、交響楽と歌曲に独自の世界を開拓。「大地の歌」

「かぎりなく全円に近き幸福」は、この旅が友との愛の一つの頂点をなすことを、われ知らず予言したものかも知れない。こののち建もまた病を得るのである。

「マーラーの第五番第四楽章のアダージェット」は、映画『ヴェニスに死す』の主旋律を成す音楽である。「アッシェンバッハわれより若く」の歌と合わせて、作中の「われ」はまさに『ヴェニスの死』そのものを生きている。だが、あのダーク・ボガード*の演じた、老いた顔に化粧するアッシェンバッハとは異なり、青年のように若々しい建であった。

ここで、「静かの海」が歌われるのは、もう一人の友、三島の「豊饒の海」を想い起こしたためではないだろうか。

そして、「いづこにて死すとも客死」と、この世を異郷とするうたびとは、再び警句を放ち、「カプチーノとシャンパンの日々」を残して、今の最愛の友と帰国するのだ。

ほか。（一八六〇―一九一一）

*アダージェット―ハープと弦楽器による第四楽章アダージェットは、最愛のアルマへの愛の調べとして書かれたという。

*デ・バン―コンテナから貨物を取り出す作業。

*アッシェンバッハ―「ヴェニスに死す」（一九一二年発表）マンの小説の主人公、作家グスタフ・フォン・アッシェンバッハ。〔09〕参照。

*ダーク・ボガード―イギリス・ロンドン・ハムステッド生まれ。俳優・小説家。主要作品「地獄に堕ちた勇者ども」「愛の嵐」。（一九二一―九〇）

# 38 エロス―その弟的なる肉感のいつまでも地上にわれをとどめよ

エロス*は、ギリシャ神話で恋心と性愛を司る神である。もともとは独立した原初神であったが、時を経て愛の女神アフロディテ*の子ともされ、従者ともされた。翼を持った愛らしい少年の姿で描かれることが多い。

芸術の核心でもある美しい弟のようなエロスよ、その永遠の肉感をもって、いつまでも地上にわれをとどめてほしい。

これは一首のみで「エロス」と題されている。絶唱である。建が文字通り命を振り絞った調べだ。

一九九九年三月二十九日に咽頭に腫瘍が見つかり、即日入院となった。その折りの一首なのだ。

これ以後、建の人生は劇的に変わる。死を宿す病の若い友を保護する立場

【出典】『井泉』

*エロス―ギリシア神話の愛の神。有翼で弓矢を備える。金の矢で胸を射られた者は恋慕し、鉛の矢で射られた者は憎悪するという。アフロディテの子とされる。ローマ神話のキューピッドと同一視される。

*アフロディテ―ギリシア神話で美と愛の神。海の泡から立ち上がったのでアフロディテ（「泡から生まれた者」の意）と名づけられた。ローマ神話のビーナス。エ

から、自身も全身全霊で死の病と闘う立場への一大転換である。健康には自信があったという建にとって、いかばかりの衝撃であったか。

しかし、この苦しい闘病の日々は、歌人としての建に大きな実りをもたらした。

歌集『井泉』と『朝の水』は、ひたすら耽美的側面から読まれることの多かった建の歌に、境涯的な独特の深みを与え、若過ぎた晩年の優れた業績となった。

建が健やかに生き続けたとしても、無論短歌史に輝かしい名は残る。だが、『未青年』の歌人という肩書きは付いて回ったに違いない。

近代短歌の境涯詠*ともまた異なる、形而上的に屹立した境涯詠の晩年を持つことで、建は『未青年』の世界を相対化することができたと言えるのではないだろうか。

六十五歳の短命とあえて言うが、それはやはり天に嘉(よみ)されたものであったような気がする。

ロスの母。

＊境涯詠―ある年齢に達して、自分の生きる心境を詠んだ歌をいう。

39

# 時じくの香菓の実われの咽に生れき黄泉戸喫に齧り捨つべき

【出典】『井泉』

時じくの香菓の実とは、いつも芳香を漂わす木の実の意味で、橘の実を指す。『古事記』で垂仁天皇*が田道間守*を常世の国に遣わし、時じくの香菓の実を求めさせた。だが、田道間守が実を持って帰った時には、既に天皇は亡く、田道間守は悲嘆のあまり、天皇の陵で泣き叫んで死んだという。

その時じくの香菓の実すなわち腫瘍が自分の咽に生まれた。冥界の物を食する黄泉戸喫*を敢えて行って、この異物を齧り捨ててやろう。

恐ろしいと言われる病に屈せず、これを倒そうとする建の気力の漲った一首である。先のエロスの歌と並んで、晩年を代表する凄まじい秀歌であろう。

一首の魅力は、不老不死を招くめでたい果実とされる時じくの香菓の実を、死を宿す腫瘍に見立てた大胆な発想の逆転にある。さらに、黄泉戸喫をして

*垂仁天皇―第11代天皇。記紀に登場するヤマト王権の君主。実在したとすれば三世紀後半から四世紀前半頃か。

*田道間守―記紀に伝わる古代日本の人物。菓子の神菓祖としても信仰される。

*黄泉戸喫―黄泉の国のかまどで煮炊きしたものを食うこと。現世にはもどれなくなると信じられていた。

しまえば、二度とこの世には帰れないはずのところを、敢えて食べて腫瘍を退治しようという心意気に打たれる。

建はこれから死に至るまで、常に病と闘う強い精神力を見せた。時には内心の悲苦が伝わることもあったが、あくまでポジティヴな姿勢を貫き、自分一個の状況を超えた世界情勢についても発信を続けた。

この力の源はどこだったのだろうと今でも考えている。歌人として、人間として、誠に立派に建は世を去った。苦しむ建、悲しむ建を、少なくとも私は見ることなくこの世の縁を全うしてしまった。そこに一抹の寂しさも感じる。

まだ健康だった時代、死後の世界はあると思うかという私の問いに対して、建は即座に「無い」と答えた。そのことと合わせて忘れられない。

40

## 失ひて何程の身ぞさは思へいのちの乞食（こつじき）は岩盤に伏す

【出典】『井泉』

二〇〇一年一月、建はラジウムでガン治療に効能があるという秋田県の玉川温泉*で湯治を行った。湯治とはいえ、どれほど苛酷な治療の日々であったか、遺された歌を読むと胸に沁みる。

愚かな弟子であった私は、建からの電話で「温泉に行く」と聞いて、それがどんなところかも知らず、「まあ贅沢ですねえ」と反射的に言ってしまった。その後の激しい怒気を含んだ沈黙の長さは、今も心に痛い。時に愚かさは悪よりも許されがたい。

「失ひて何程の身ぞ」「いのちの乞食（こつじき）」――「死などなにほどのこともなし」〔36〕と言い放った誇り高い建が、ここまで謙虚に命に向き合おうとしている。「雪とラヂウム」一連の迫力は、『井泉』一巻の山場である。

*玉川温泉―秋田県中東部、仙北市田沢湖地区にある温泉。八幡平温泉郷の一つ。泉質は強酸性硫黄泉で、98℃の熱湯を9000リットル湧出し、量としては全国一である。放射性ラジウムを含有する北東石があり、特別天然記念物に指定されている。鹿湯、渋黒温泉。

九十四歳母は待つなり健やかになりて戻りてくる筈の子を
毒といふ文字のなかに母があり岩盤浴をしつつ思へる
毒をもて制すとはいへラヂウムを裸の四肢に当てて寝ねたる
スキンヘッドの少年は人とまじはらず黙然と脱ぐ岩盤のうへ
十七歳のわれの悲歌「天然につかへる奴婢」と書きにけらずや

九十四歳の母との逆縁だけは避けたいというのが建の悲願であった。毒という文字の中の母は、毒を以てわが子を癒やすのだろうか。

人と交わらないスキンヘッドの少年は、かつての建の自画像のように思われる。

「天然につかへる奴婢」という少年の日の言霊が、今建を打つのである。

## 41 もとより知るその残酷とおもへども天は呉れたり雪とラヂウム

【出典】『井泉』

「雪とラヂウム」の続きである。天の残酷さはもとより知っていたが、おのれを癒やす「雪とラヂウム」もまた天の恵みなのである。単純ではない。

放射能（ラヂウム）にいのちあづけて伏しをれば黒雨のふりし街が顕ちくる
*ダイ・インに似たらずや熱の岩盤に伏す仰むける生きざらめやも
薄ら氷の胸の悲哀を溶かしめて熱伝へくる母なる大地（マザー・アース）は
暗きテントを出でて真向かふ雪山は光の嵩となりて迫れる
去年の春突然にこゑは嗄（かすれ）しよテネシーは天の残酷をいふ

*ダイ・イン―デモンストレーションの形の一つ。大地に伏して「死」を象徴させ、抗議の意を示す。

このあとに掲出の一首が来る。

テネシーとは、テネシー・ウィリアムズ*であろう。ゲイの劇作家として知られるテネシーは、家族との葛藤や、死や恐怖からのアルコールやドラッグ中毒など、多くの「天の残酷」を抱えた一人だった。

建の場合、ディスクジョッキーを務めていたほど豊かで朗々とした声が嗄れたのは、想像を絶する衝撃だっただろう。

しかし、放射能と原爆の「黒雨」のイメージの連関や、「ダイ・イン」に似たらずや」と言いつつ「生きざらめやも」と言い切る力強いメッセージなど、むしろ、病を得て開かれた広い世界への発信が注目される。

「母なる大地(マザー・アース)」もまた、個人の母ではない、大きな地球の母なのである。だからこそ、胸の悲哀の薄ら氷を溶かすのだ。雪山の光の嵩も眩しい。

一個の命の執着に閉じこもるのではなく、むしろそこから未来を切り開いてゆこうとする建の覇気が生々しい。

*テネシー・ウィリアムズ――アメリカの劇作家。人間のもつ弱さに起因するさまざまな葛藤と悲劇を描く。「ガラスの動物園」「欲望という名の電車」。(一九一一―八三)

42

# わが生に女(をみな)の一人あらずして影のみ浮かぶアンドレア・サライ*

*レオナルド・ダ・ヴィンチの愛弟子

【出典】『井泉』

簡潔に述べられた真実―「わが生に女(をみな)の一人あらずして」が胸に堪える。

これは作中主体の言葉だが、生身の建に接する時、私はいつもガラスのバリアを感じていた。自分のジェンダーゆえに踏み込めない領域を、熱く深く感じさせる人であった。

アンドレア・サライは注にあるように、レオナルド・ダ・ヴィンチ*の愛弟子である。よく知られるように、レオナルドは同性愛的傾向を指摘される。サライは、師のレオナルドと、最も緊密な人間関係を保っていた一人とされる。

「サライ」とは小悪魔を意味する通称であり、本名ジャン・ジャコモ・カプロッティというこの不肖の美しい弟子は、レオナルド邸に住み込むとレオ

*レオナルド・ダ・ヴィンチ―イタリア・ルネサンスの代表的芸術家・科学者。絵画や彫刻、近代科学の先駆者として実証的な諸研究など、多面的な創造力を発揮した。「モナリザ」「最後の晩餐」の絵はその代表作。また、芸術論、自然科学、

ナルドの金銭や貴重品を盗んだ。レオナルドはサライの不品行を知りながら、彼をこの上なく甘やかし、三十年にわたって邸に住まわせた。だが、絵画の技能では、彼は他の弟子たちに劣っていたらしい。

「影のみ浮かぶアンドレア・サライ」とは、いったい誰のことであったか。弟子ではなく、若い「友」であったか。あるいはまた、誰か一人ではない、夢想の中に浮かぶイメージだけであろうか。

幻視の大歌人葛原妙子*（一九〇七～一九八五）もおそらくはサライを歌った一首を残している。

傅（かしづ）きし唇赤き少年を打ちしことありやレオナルド・ダ・ヴィンチ

解剖学、機械工学などに関する膨大な量の手稿を残した。（一四五二―一五一九）

＊葛原妙子―東京生まれ。一九三九年『潮音』入社、太田水穂に師事。鋭い直観力で日常のうちに潜む異常世界を透視し、存在の不安を捉える作風によって、現代短歌に多大な影響を与える。八一年雑誌『をがたま』を創刊。（一九〇七―八五）

43

## 泣き疲れし冬のわらべと白(まう)すべく母を失くせし通夜の座にゐる

【出典】『井泉』

泣き疲れた通夜の、子どもに帰ったような感情の振幅が表れている。自身の発病以来、母と逆縁になることを何よりも恐れていた建だが、その願いは哀しくも叶えられた。

母政子は、二〇〇一年十二月二十三日、九十四歳で逝去した。突然の死であった。建の外出中に、母は一人で息を引き取ったのである。

霜の立つ未明の別れこののちも正気のかぎり忘らえなくに
常と変はらぬ別れをなせし母そはの醒めざる眠りに帰りきて会ふ
常の日と変はるとなれば立つ霜のざくりと音せしただならぬ寒(かん)
うなだれゐし薔薇(さうび)二輪を水切りしいくばくもなく逝きたり母は

　かりそめに精霊と称ぶ朝羽振り翔びたちゆきしものを畏るる

「こののちも正気のかぎり忘らえなくに」の悲しみの大きさに打たれる。「常と変はらぬ別れ」であったが、「ただならぬ寒」はあったのだ。水切りされた薔薇二輪が健やかに息づいて母の身代わりのようである。

次の歌には建の死生観が出ている。「かりそめに精霊と称ぶ」―死後の世界は無いと言った建であった。だが、「朝羽振り翔びたちゆきしものを畏るる」―母の霊魂の実在が感じられたのであろうか。

　いづ方へ走りゆけども方途なき夜と知るゆゑこの寂しさや
　夜を立つ並木はなべて黒木にて服喪のごとしわが意にかなふ
　このひとゆ生れしぬくもり雪催ふ昼ながら深々と来し方を思ふ

掲出の前後の歌である。「このひとゆ生れしぬくもり」に、愛情のすべてが表出されている。

44

# 朝鳥の啼きてα（アルファ）波天に満つうたの律呂もとのひてこよ

【出典】『朝の水』

α波は脳波の一種で、安静時に多く発生するという。睡眠にも効果があり、記憶力や集中力を増すといわれるが、発生のメカニズムは良くわからない。

ここでは、朝鳥の啼く声で、天にα波が満ちるという、その爽快感が眼目であろう。「うたの律呂*もとのひてこよ」は、文体を重んじた建らしい言葉である。律呂とは音楽理論の用語だが、転じて歌の韻律の意味に用いられているのであろう。

一首は歌集『朝の水』の巻頭歌である。限りなく明るい。この明るさ、澄みわたる天の光はどこから来るのだろう。しかし、一連「サティとイルカ」を読むと決してすべてが明るくはない。

*律呂（りつりょ）―雅楽の十二律（陽の音の称）と呂（陰に属する音）。転じて音律。楽律。

病院の一日ふはふはと過ぎてゆく微熱かサティ*を聴きゐるゆゑか
ベッカム*ヘアーの青年が鞄(バッグ)ゆ取りいだす新聞　CD　桃　ハワイ地図
老スナメリ*も点滴を受けてゐるといふ切なき話を目つむりて聞く
水族館に病むスナメリと院のわれと同じ程なる悲(ひ)をわかちあふ
医師が来て見せしフイルムそれとして灯を消し安く眠りに入らむ

微熱ゆえかサティゆえか「ふはふはと過ぎてゆく」病院の一日、今は懐かしいベッカムヘアーの青年、水族館に病んで点滴を受ける老いたスナメリと「われ」の「悲(ひ)をわかちあふ」、「医師が来て見せしフイルム」――すべてが言いようのない憂いに満ちている。

だからこそ、建は巻頭歌を高々と歌い上げたのかも知れない。これが最後の歌集であることを知る歌人の矜持かも知れないのだ。

*サティ――エリック・サティ。フランスの作曲家。アカデミズムを嫌い作曲はほぼ独学。自作に奇妙な題をつけるなど、奇行で知られたが、作風は新古典的で純粋明晰・ドビュッシーらに影響を与えた。(一八六六―一九二五)

*ベッカム――ディヴィッド・ロバート・ジョセフ・ベッカム。イギリス、イングランド出身の元サッカー選手、モデル。イングランド代表にも選出されていて、多様なヘアースタイルがおしゃれで当時流行した。

*スナメリ――小型のイルカ。ネズミイルカ科に属する。主に海水域に生息。淡水である中国の長江に生息する個体群も見られる。日本沿岸でも見られる。

## 45　天秤のかしぐか天を見てゐしにさらさらと銀河の水こぼれたり

【出典】『朝の水』

*天秤座―南天の星座。乙女座と蠍座の間にある。古くはこの星座に秋分点（太陽が赤道の北から南へ向って通過する点）があった。

夏の星座、天秤座*の天秤がかしぐのか、天を見ていたら、さらさらと銀河の水がこぼれて来たという、玲瓏とした美しい一首である。

「天秤のかしぐか」に、「天秤に塩と精液」〔21〕（43ページ）という若い日の歌の激情が思われるが、既に建の心はそのような嵐の彼方に行っているかに見える。銀河の水は病む身体を心地良く冷やしてくれたのかも知れない。

朝鳥の巻頭歌からここまでを見ると、入院中のことでもあり、独特の美意識を湛えた叙景歌が多くなっている。

動かざる黒点を鴨と知るまでに朝なさな院の水辺になじむ

着水し小さきしぶき次つぎとあげて鴨らは葦の辺に寄る

着水は静かなれども軽鴨はおのづから生れし輪のなかに浮く
一羽づつみづからの輪の芯となり輪唱の音を聴きゐるごとし
寒しといへ日ざしは柔（やは）しうつらうつら光の杯となりゐる鴨ら

「光の嵩」より。病院の池の鴨をそれと知るより、おのおのの小さな動きを確かにとらえて、「輪唱」「光の杯」とその生命感を讃えている。
その一方で、掲出の一首を含む「中国茶」の一連には次のような歌もある。

コバルトの放射のあとに失ひし舌の快楽を取り戻したり
白龍珠琥珀（バイロンツ）すずしき茶を喫みつまたなき時はしづかに逝けり

透徹した心境のもとに抑えられている、人間的苦悩もかすかにうかがわせる。「またなき時」を意識する心である。

## 46　てのひらに常に握りてゐし雪が溶け去りしごと母を失ふ

【出典】『朝の水』

「てのひらに常に握りてゐし雪」―建にとっての母はそういうあえかな存在であった。

ここで思い出すのは、折口信夫*が、古来の歌とは、雪のようなもので、きゅっと握りしめると水になって消えてしまうと述べた美しい比喩である。一首を詠んだ時の建に、この言葉は遠く響いていただろうか。だとすれば、溶け去って水となった母こそ、建にとっての歌であったことになる。

若い日の建の歌は、意味が鋭くそそり立ち、必ずしも溶け去って水になるような歌ではなかった。しかし、『朝の水』では、まさにさらさらと溶けて水になるような清冽な歌が多いのである。

* 折口信夫（おりくちしのぶ）―国文学者・民俗学者・歌人。号、釈迢空。国学院大・慶応大教授。「アララギ」「日光」同人。著「古代研究」「日本文学の発生序説」、歌集「海山のあひだ」、詩集「古代感愛集」、小説「死者の書」など。（一八八七―一九五三）

雪雲が払はれし日の梅ほどの幸福を生きし母と思ふも

杖をつく母を梁場へともなひし日照雨（そばへ）ふりゐし日の明るさや

手際よくはづせし鮎の骨を置く母のすずしき皿が浮かびぬ

大き手は失はれたり物を作る手よと笑まひしははそはの手は

星と霜といかに関はる幾星霜この黒幹はここにただ立つ

くれなゐの珠実露けき雨あがり福音のやうな日向に坐る

掲出歌の少し前の「喪の明けるまで」の一連から引いた。言葉がひそやかに心に寄り添っている。今しばし福音のような日向にいるのだ。「星と霜といかに関はる」が、箴言のようである。

47

# スキンヘッドに泣き笑ひする母が見ゆ笑へ常若（とこわか）の子の遊びゆゑ

【出典】『朝の水』

前回の歌と同じ「天蓋花」の一連にある。抗癌剤の副作用で抜け落ちた髪に「泣き笑ひする」母が作中の「われ」にはありありと見えるのである。母よ、笑ってくれ。これは永遠に若い子の遊びなのだから。

スキンヘッドに帽子を被った建の姿は私も見たが、本当にあえておしゃれでしているかのようにダンディだった。「常若（*とこわか）の子の遊び」という矜持にふさわしかった。

しかし、一連を読むと、この姿を母に見せずに済んだ仄かな安堵も伝わって来る。冒頭から見て行こう。

甚しき苦しみを言ふ梵語とぞうらぼんは来ぬ母のなき夏

つつがなく消光してゐます　母が書く便りを恐れゐし日は過ぎぬ

*常若――いつまでも若いさま。とくわか。

このあとに前回の歌が来る。

逆縁にならざりし幸思ひをり初盆の朝を院に迎へて

波羅蜜(はらみつ)充つるほどなる悲(ひ)ならずて抗癌剤は髪をうばひつ

そして今回の歌である。

「甚しき苦しみ」は死者にも生者にも共通であったに違いない。その苦しみの中でも、母からの手紙が届くことを、恐れつつも待っていたのだ。しかし、死者からの便りはなく、盆の朝は来た。逆縁の悲しみを味わわせずに済んだという哀切な幸福があった。

「波羅蜜*」とは、悟りの世界に至るための菩薩の修行だが、それが充つるほどの大いなる「悲(ひ)」ではないものの、抗癌剤は髪を奪った。思わずも僧形になったのである。

一方、母の消息はといえば、こんな一首もある。

白文鳥翔びきて指にとまりたり思はねど反魂*の盆のまひるま

死者の魂が帰って来るという盆の最中に、翔び来たって指にとまった白文鳥は、あるいは母ではないだろうか。

この白文鳥は建の最晩年の友となった。

*波羅蜜―仏語。迷いの此岸から悟りの彼岸に渡る意味。ふつう、仏になるために菩薩が行なう修行のこと。

*反魂(はんごん)―死者の魂を呼び返すこと。

48

# 宇宙食と思はば管より運ばるる飲食(おんじき)もまた愉しからずや

【出典】『朝の水』

病の進行につれて食事が喉を通りにくくなり、経管栄養を用いることを医師に提案された時の一首である。「宇宙食と思はば」「また愉しからずや」という捨て身の諧謔が凄絶だ。病苦の中で、「宇宙食」の一語がよく出たものだと思う。

これは歌集終盤の「タンタロス」の一連で、この前には深刻な歌がある。

一晩をかけて落ちゆかざりしもの吐けり冷気がのみど貫(つらぬ)く

のどが開かねば管通さむと医師は言ふ幸ひなことに今日にはあらぬ

一晩かかっても食べたものが喉を通らないという病状である。その苦しさは想像に余りある。

しかし、建は、いや作中主体は、決して屈しない。

けふならばセル牡蠣あすにてもスープならのどを通ると思ひゐるはや
大皿の朱をうつせる薄造り仄かなる色を眼もて味はふ
ふぐ刺しがのどを通るに動悸せり歓楽はいまだ吾を見捨てず

食の快楽に生きるエネルギーを得る「吾」がいる。
とはいえ、もう少し前の「燕」の一連には次のような切ない一首もあるのだ。

噴泉のしぶきをくぐり翔ぶつばめ男がむせび泣くこともある

「むせび泣くこともある」と余韻が残されているが、やはり作中主体の涙に違いない。苦しみの表現が抑制されているだけに、こうした歌には衝撃を受ける。もっと苦しいと歌っても良かったのではないか、泣いても良かったのではないかという思いもするが、それを抑える美学こそが建の生命力の源であったのかも知れない。

49

# 神を試してタンタロスは飢餓を得しといふ神知らぬわれにも何かが迫る

【出典】『朝の水』

タンタロスはギリシャ神話に登場するリューディア王で、ゼウスの子とも言われ、神々と親しく交わって、不死の体を得ていた。しかし、神々を宴に招いた時、神々を試そうとしたのか、自分の息子を殺してシチューにして出した。

神々の激怒を受けたタンタロスは、地獄タルタロス*に落とされ、水や食物がすぐ近くにありながら、口にすることができないという、永遠の飢餓に苦しめられる。

タンタロスのように、「神知らぬわれにも何かが迫る」という下の句に、読者も引きずり込まれそうな大きな恐怖が感じられる。

この一首は、前回と同じ「タンタロス」の一連にあり、中には次のような

*タルタロス―タンタロス、シシフォス、イクシオンのような神々への反逆者、あるいは冒涜者が落とされる牢獄。時代が下ると冥界と同一視される。

歌もあるのだ。

神託はつひに降（くだ）れり　日に三たび麻薬をのみて痛みを払へ

遊興にあらず痛みのために喫む麻薬と思へばいよよ悔しも

建は麻薬を使うことに非常に抵抗していた。意識の明断を損なうことを恐れてである。だが、病は進み、ついに医師の言葉に従わざるを得なくなった。その恐怖とタンタロスが結びついているのだ。建は健やかだったかつての自分を、傷ましくもタンタロスの傲りに擬したのである。追いつめられても、あくまでも文学に拠って立つ矜持が読者を打つ。

オリンポスの食卓に招かれしゼウスの子傲れるきのふのわれとも思ふ

かりそめに戯れむ神話の界さへや飲食にくるしむ王が出でくる

前世来世見ることなからむわれなれば今をとことはとする言葉あれ

建にとって死後の世界は無いのだから、ただ言葉によって、「今をとことはとする」*ことだけが救いだった。

＊とことは――「常」いつまでも変わらないこと。永久不変であること。そのさま。古くは「とことば」永久に変わらないこと。また、そのさま。とこしえ。

50

## 獅子に会ふ歓びは誰に語るべきものにはあらず夜は白み来ぬ

【出典】『朝の水』

不思議な一首である。「獅子」に象徴的な意味を感じさせる。あるいはニーチェの「獅子」と関わりがあるのかと思わせる。誰に語るべきでもない、ひそやかな精神の「獅子に会ふ歓び」を味わった一夜だったのか。

だが、次の歌を読むと、意外な真相がわかる。

木のひかり草のひかりの空に満ちわが家が獅子の宿となりし日

一連の題も「春祭」であり、幼い日に、わが家が獅子の宿になったことを追想して歌われているのである。幼い建にとって、「獅子に会ふ歓び」は言い尽くせないほど大きかったのだろう。

しかし、歌は一首で屹立してこそ歌である。私は掲出の歌には、やはり無意識の形而上学的な深みを感じずにはいられない。ましてこれは巻末すなわち生涯最後の一連なのである。
他の歌も挙げておこう。平明で穏やかな境地がうかがわれる。

天道をうつらうつらと渉(わた)りゐる日はふるさとへこころをはこぶ
白き水を泉とぞいふさはいへどふるさとの大清水も涸れぬ
薬剤をのみて眠りに落つる際はるかなる春の幟が見ゆる

このあとに獅子の歌二首が来る。

飾り馬の背に乗せ放ちやりしもの沈黙と怺(こら)へきれぬ花の香
昼かげろふゆらゆら揺るる日向にて今年も会はむ咲(ゑま)へる花に

「ふるさとの大清水も涸れぬ」「沈黙と怺(こら)へきれぬ花の香」生死の境をゆく人の、明るい寂寥が漂っている。建は「咲(ゑま)へる花」に会い、五月二十二日に没した。

# 歌人略伝

愛知県江南市に昭和一三年（一九三八）一二月二〇日生る。父・濵（こう）、母・政子ともに歌人。父の編集する結社誌「短歌」（中部短歌会）に三〇年より初期作品を発表。向陽高校を経て、南山大学英文科に入学（後に中退）。高校時代より文芸誌「裸樹」を創刊するなど、ジャンルを超えた文芸の創作に打ちこむ。父が編集・発行人を引き継いだ「短歌」に三一年頃より、出詠し始める。三三年、編集者・中井英夫の抜擢により、角川書店版「短歌」に「未青年」五〇首を発表。また、誌上企画としての「新唱十人」に参加、前衛短歌の一翼を担う歌人としてデビュー。同年塚本邦雄、岡井隆、寺山修司らと「極」を創刊。三五年、歌集『未青年』刊行。三島由紀夫の「序文」にて、「われわれは一人の若い定家を持ったのである」と激賞された。四五年より作歌を中断し、ラジオ、テレビ、演劇等に活動の拠点を移すが、五四年、父の死によって「短歌」の編集・発行人を引き継ぎ、作歌を再開。愛知女子短期大学国語国文学科教授をつとめた。平成四年中日歌人会委員長。一一年三月、中咽頭に癌が見つかり入院。抗癌剤治療、放射線治療を開始。八月退院。一二年第六、七歌集『友の書』『白雨』により、日本歌人クラブ賞、迢空賞を受賞。同年歌集『水の蔵』刊行。一〇月癌転移。余命一年と宣告される。一三年五月、再入院。六月末、退院。一二月、母政子が死去。一四年歌集『井泉』。一六年第57回中日文化賞を受賞。第九歌集『朝の水』が死の数日前に刊行された。同年（二〇〇四）五月二二日、中咽頭癌のため死去。享年六十五。

# 略年譜

| 年号 | 西暦 | 満年齢 | 春日井建事蹟 |
| --- | --- | --- | --- |
| 昭和十三年 | 一九三八 | 0 | 十二月二十日、父春日井濵、母政子の長男として、愛知県丹羽郡（現江南市）に生まれる。 |
| 昭和二十年 | 一九四五 | 7 | 愛知県布袋町立布袋国民学校に入学。 |
| 昭和二十五年 | 一九五〇 | 12 | 名古屋市昭和区曙町に転居。名古屋市立吹上小学校六年に転入。 |
| 昭和二十六年 | 一九五一 | 13 | 名古屋市立北山中学校に入学。 |
| 昭和二十九年 | 一九五四 | 16 | 名古屋市立向陽高校に入学。 |
| 昭和三十年 | 一九五五 | 17 | 八月、濵が浅野保より「短歌」（中部短歌）の編集発行人を引継いで、毎月歌会が春日井家で開かれるようになる。同誌九月号に六首、十月号に七首、初期作品を掲載。 |
| 昭和三十二年 | 一九五七 | 19 | 南山大学英文科に入学。 |
| 昭和三十三年 | 一九五八 | 20 | 「短歌」八月号（角川書店）に「未青年」五十首を発表し、注目を集める。 |

昭和三十五年　一九六〇　22
六月、塚本邦雄、寺山修司、岡井隆らと「極」創刊。九月、十七歳から二十歳までの三五〇首を集めて歌集『未青年』（作品社）刊行。三島由紀夫が序文を記した。この頃からテレビやラジオ、舞台などへの関心が高まり、台本を書いたり、演出をしたりする。

昭和三十七年　一九六二　24
五月、NHKドラマ「遥かな歌・遥かな里――枇杷島由来」を執筆、全国放送される。以後、テレビ、ラジオ、舞台の仕事を多く手がけるようになり、次第に作歌活動から遠ざかる。

昭和三十八年　一九六三　25
名古屋市千種区光が丘に転居。秋、「青い鳥」（『行け帰ることなく』所収）を書き、作歌活動に区切りをつける。

昭和四十五年　一九七〇　32
七月、全歌集『行け帰ることなく／未青年』（深夜叢書社）刊行、歌と別れる。十一月二十五日、三島由紀夫が自決。三島の死の一週間後に「青春に出会った人――三島由紀夫」を執筆「新潮」。

昭和四十八年　一九七三　35
演劇集団「ぐるーぷ鳥人」を結成。「わが友ジミー」（春日井建作・荒川晃演出）を旗上げ公演。

昭和四十九年　一九七四　36
二月、初期作品集『夢の法則』（湯川書房）を刊行。七月、「ぐるーぷ鳥人」による第二回公演「お父さまの家」（荒川晃作・春日井建演出）を上演。

昭和五十四年　一九七九　41　四月三十日、濵が死去。享年八十二。六月、「短歌」（中部短歌）の編集発行人を引き継ぐ。

昭和五十五年　一九八〇　42　四月、岡井隆、斎藤すみ子らと超結社歌人集団「中の会」を発会、ティーチインに参加。

昭和五十七年　一九八二　44　二月、名古屋市の芸術奨励賞を受賞。

昭和五十九年　一九八四　46　十一月、歌集『青葦』（書肆　風の薔薇）刊行。

昭和六十年　一九八五　47　愛知女子短期大学（現名古屋学芸大学短期大学部）人文学科国語国文学教授に就任。

平成四年　一九九二　54　「ほっとサンデー生放送」（テレビ愛知）のトークコーナーのキャスターを担当。十一月、「短歌」創立七十周年記念大会が開催、塚本邦雄を講師として招く。

平成五年　一九九三　55　三月、愛知県文化選奨文化賞受賞。

平成九年　一九九七　59　四月、愛知女子短期大学附属東海地域文化研究所所長に就任。「短歌研究」誌上に「作品連載」（三十首）開始。

平成十年　一九九八　60　第三十四回短歌研究賞を受賞する。

平成十一年　一九九九　61　三月二十九日、咽頭に腫瘍が見つかり、即日入院。抗癌剤治療、放射線治療始まる。八月、退院。九月、歌集『白雨』（短歌研究社）刊行。十一月、歌集『友の書』（雁書館）刊行。

平成十二年　二〇〇〇　62

五月、愛知女子短期大学を退職し、名誉教授となる。『白雨』『友の書』により、第二十七回日本歌人クラブ賞、第三十四回迢空賞を受賞。六月、歌集、『水の蔵』（短歌新聞社）刊行。十月八日、癌再発（上咽頭への転移）の告知を受け、余命一年と宣告される。

平成十三年　二〇〇一　63

一月、秋田県の玉川温泉で湯治。十二月二十三日、政子が死去。享年九十四。

平成十四年　二〇〇二　64

十一月、歌集『井泉』（砂子屋書房）刊行。

平成十五年　二〇〇三　65

十一月、日本歌人クラブ第四回国際交流短歌大会の旅行でタイを訪れ、バンコクで「三島由紀夫と私と短歌」と題して記念講演を行う。

平成十六年　二〇〇四

一月、中部短歌会創立八十一周年全国大会開催。五月、第五十七回中日文化賞を受賞。五月十五日、歌集『朝の水』（短歌研究社）刊行。五月二十二日、愛知医科大学付属病院にて中咽頭癌のため死去。享年六十五。

## 解説　「『若い定家』のそののち」――水原紫苑

春日井建の歌を今、どう読むか。

かつて建の歌には「悪」や「背徳」や「禁忌」といった言葉が、枕詞のように貼り付いていた。それらは甘美な官能を誘った。しかし、二十一世紀を生きる私たちには、その魅惑は既に色褪せてしまった。すべては普通のことになった。

建の歌は、実はそのような数々の形容を超えた、歌本来の強度を持っている。本書に挙げられなかった歌を引いてみよう。

空の美貌を怖れて泣きし幼児期より泡立つ声のしたたるわたし　『未青年』
白球を追ふ少年がのめりこむつめたき空の果てに風鳴る　同
青嵐はげしく吹きて君を待つ木原に花の処刑はやまず　同

いずれも、少年の激しく純粋な抒情である。「空の美貌」「つめたき空」「花の処刑」といった強い言葉は、少年の震える魂の比喩であって、特別な観念の呪縛は必要ない。

そのことを何よりも的確に述べたのは、三島由紀夫が『未青年』に寄せた序文である。初期の歌については、未だにこれを超える春日井建論はないと思う。

序文は、建を前衛歌人と見なす歌壇に対して次のように宣言する。

「歌とは昔からこのやうなものであつたので、今後もこのやうなものであらう。春日井氏の表現は独創的であつても、発想そのものは古典と共に独創的ではない。」

そして、藤原定家が十九歳で、「紅旗征戎非吾事」の一句を記したことから、当時二十一歳の建を、「二人の若い定家」と呼ぶのである。

定家が「初学百首」で歌壇にデビューしたのは二十歳、代表作の「見わたせば花も紅葉もなかりけり浦のとまやの秋の夕暮」を含む「二見浦百首」を詠んだのは二十五歳の時だった。早熟の天才歌人として、定家に擬せられる以上の讃辞はあるまい。

「又一つ言ふと、歌には残酷な抒情がひそんでゐることを、久しく人々は忘れてゐた。古典の桜や紅葉が、血の比喩として使はれてゐることを忘れてゐた。月や雁や白雲や八重霞や、さういふものが明白な肉感的世界の象徴であり、なまなましい肉の感動の代置であることを忘れてゐた。ところで、言葉は、象徴の機能を通じて、互みに観念を交換し、互みに呼び合ふものである。それならば血や肉感に属する残酷な言葉の使用は、失はれた抒情を、やさしい桜や紅葉の抒情を逆に呼び戻す筈である。春日井氏の歌には、さういふ象徴言語の復活がふんだんに見られるが、われわれはともあれ、少年の純潔な抒情が、かうした手続をとつてしか現はれない時代に生きてゐる。」

序文後半のこの部分は、三島由紀夫が歌というものの本質をいかに深く理解していたかを示している。まさに、古典和歌の優雅な景物は、人間の根幹に存在する、なまなましい血や肉の象徴だったに違いない。そうでなくては、気が遠くなるような類想歌の山に、さらに一首を加えて行った、歌人たちのひたすらな営為の意味がわからない。

そして、逆説的に、建の残酷な言葉には、王朝のみやびがよみがえっているのだ。「斬首」も「童貞」も「怒濤」も、美しい花や紅葉の表象なのだ。

建は、何かと戦うために歌ったわけではない。ただ、宿命のように血に流れて来る歌を体現したのである。

これは、同時代の塚本邦雄や岡井隆や寺山修司と決定的に異なるところだろう。

しかし、「若い定家」に戻ると、若くして歌の最高峰を極めたという讃辞は、反面、恐ろしい未来の呪言ともなろう。この先にどのような展開が待っているのか。

余情妖艶の美の世界を創出した不世出の大歌人定家の後半生は、むしろ国文学者に近かったと言っては言い過ぎだろうか。源氏物語などの古典研究の基礎を築いた業績は偉大だが、父の俊成のように、最晩年まで花を散らさずに保った歌人とは、いささか趣を異にするだろう。

『未青年』の上梓後、建は、由紀夫に、君が今死んだら素晴らしいという意味のことを言われたという。それを語る建の顔はかすかに上気していた。

幸か不幸か、建に夭折の運命は訪れなかった。『未青年』を超えて生きるならば、生きるための方法論が必要になる。

『夢の法則』にはそれはない。ある意味で、『未青年』より純粋で美しい歌がそのまま、鳥のように放たれている。

『行け帰ることなく』には、生きるための試行錯誤の跡がうかがわれる。

建が見出した一つの道は、主題制作による連作だった。『未青年』にも「血忌」「洪水伝説」などの連作はあるが、『行け帰ることなく』になると、「アメリカ」「人肉供物」「燕のため悲哀のため」「鬼」など、より構成的な主題制作が中心になる。特に「人肉供物」は、それだけ読んでも素晴らしい連作で、『未青年』の世界が発展的に継承されている。その道を進んで行くこともできたかも知れない。

石杭に繋がれし死の刑みれば雲刺して顕てりアウシュビッツ
『行け帰ることなく』「人肉供物」

飼猫にヒトラーと名づけ愛しゐるユダヤ少年もあらむ地の果て　同

しかし、建は三十歳で歌と別れた。
「私の歌は、それを叙す作者に悠長な時間があってはならない種類のものだった。明日ではなく、昨日でもない。今の今、一瞬ごとに消え去る切迫した青春のひとときを写す宿命を荷っていた。（中略）
三島由紀夫は、『豊饒の海』の主人公松枝清顕に青春の絶巓で死を選ばせた。いささか面映ゆいけれども言ってしまおう。私の歌も青春の絶巓で終るべきだった。」
歌を再開したのちの歌集『青葦』のあとがきで、既に壮年の建はこのように語る。こうした詩歌が確かに存在する。その才能を与えられた書き手には、むしろ災厄のようなものかも知れない。

歌と別れた建は、アメリカを放浪したり、ラジオドラマを執筆したり、あるいは演劇集団を作って自作の劇を上演したりした。歌人たちとの接触は絶えていたわけではなかったが、歌からは自由に生きていた。

建が歌の世界に帰って来たのは、本文中にも記したように、父、友、三島由紀夫という三人の死のためである。

「三つの死は、私に生を見ることを強いた。目をつむることはできなかった。見ることは書くことにつながった。」(『青葦』あとがき)

『青葦』は静謐だが、内に深くこもった生への決意を感じさせる歌集である。

夏嵐すぎし暁ひろげ読むギリシャの古詩の尾根晴れわたる　『青葦』
仰向けの額に晩夏の陽は注ぎ微笑まむ若年といふは過ぎきと　同

文体が「歌の別れ」以前とは変わって、直線的に死へ向かう時間を内包していることが注目される。以前の歌は、老いることのない現在を歌っていた。より正確に言えば、全き現在を生きていたのは、『未青年』の世界のみで、『行け帰ることなく』には、少しずつ死へ向かう時間の浸食が始まっている。

太陽が欲しくて父を怒らせし日よりむなしきものばかり恋ふ　『未青年』
雪尾根をすべる光の行方しれず無常迅速にわれは年経し　『行け帰ることなく』

時間の質の違いが明らかである。『未青年』の世界には終わりがない。『行け帰ることなく』には既に出口が見える。

とどめようのない時間に気づいたことが、「歌の別れ」のきっかけであったかも知れない。壮年の建は、死へ向かう時間に犯されるのではなく、みずから時間を受け入れる決断を下したのである。

『青葦』以降の建の歩みは、きわめて意志的であった。父から受け継いだ「短歌」の主幹を務め、歌人集団「中の会」を岡井隆と共に牽引し、大学に勤務する等々の、現実に深く関与した日々だった。

私は八六年に入門したが、明るく温厚な建に出会って、これが『未青年』の歌人かと驚いた。実に勝手ながら、あの修羅はどこへ行ったのかという、半ば失望に近い感情もあった。しかし、師弟として会ううちに、建の胸に深く何かが秘められているのを感じた。この世のすべてが虚妄であるかのような、見るべきものを見尽くした人の恐ろしさもまた伝わった。

建の心奥の修羅は、もう一度爆発するに違いないと私は傲慢にも夢見ていた。その時こそ、化身であった能の前シテが、後シテになって霊の本体を現すように、建の本当の姿を私たちは知るだろうと思っていた。

今、私は自分の不明を恥じている。建の修羅の能は最後まで目の前で舞われていたのだった。ただし、霊の顕現しない化身のみであった。前半生に『未青年』として霊の本体が激しく出現し、後半生は静かで張りつめた化身となったのが、建の歌人としての生涯だったのである。時に化身は霊の本体よりも怖い。もっともっと目を凝らして現実を見つめるべきだった。

　『未青年』においては、あくまで美意識のフィルターを掛けて歌われていた同性愛の主題が、生々しく表現されるようになるのも、建の後半生の特色である。そのことに私が気づいたのは建の没後だった。愚かであったというほかない。


その若さ嬲(なぶ)りたりしをかなしむに青年はただに安けく微笑(ゑま)ふ　『水の蔵』

性別(ジェンダー)の領分を知らず生きこしを透れる月のひかりにおもふ　同

二首目の表白が重い。

　とりわけ『友の書』は、その意味で大切な一冊である。


降りつのり湿る暗夜は若者の股にイグアナ這はせやりたし　『友の書』

のどの反り踵のふくらみ思ひいづるなべては躰の若き片々(へんぺん)　同

異様な迫力をもって、愛する者の肉体がリアルに歌われている。

　それと同時に、建は老いた母も詠むようになる。『白雨』の世界である。現実に対して常に距離を取って劇を構築して来た建は、ここでその距離を縮め、新しい歌の方法を掴んだ。近代短歌以来の写実とはいささか角度が異なる、日常のとらえ方が新鮮である。

このの母にいちばん若きけふ宴の席に微笑みてゐる　『白雨』
患む患まざる差異くきやかに青年は暗し老いたる母は明るし　同

母は老いてなお健やかだが、愛する青年は病を得た。
そして、建もまた、誰もが予期しなかった病に襲われる。『井泉』の苛烈な世界である。

急患にてありし日危ふ一夜経て白みくる空を見てゐたりしか　『井泉』
井泉に堕ちしは昨夜(よべ)か覚めしのち生肌すこし濡れてゐたりき　同

咽頭腫瘍を発病してからの建の歌人としての充実は、凄まじいものだった。自身の病を相対化し、大きな世界の一部としての個人を毅然と表現してやまなかった。どれほど苦しい日々であったか、思えば言葉を失うが、それもまた賜物であったと今にして考える。
本文中にも述べたが、『井泉』そして最終歌集となった『朝の水』は、『友の書』『白雨』で開かれていた新しい境涯詠をさらに押し進めて、形而上学的に屹立するものとした。ある意味で『未青年』を超える世界が、初めて現れたと言えるだろう。

きららかに隕石降りしは昨夜(よべ)のことメタセコイヤは醒めて見てゐし　『井泉』
告げ足りぬ言ひ足りぬこと羽閉ぢて冬の孔雀がうづくまりゐる　『朝の水』

外に向かう修羅の爆発ではなく、内なる修羅を、死に相対しながら見事に生き抜いたのである。人間としての完成が歌を創り上げた、稀な例の一つであろう。三島由紀夫がこの晩年の建の歌を読んだら、どのような言葉を発しただろうか。

眠られぬ夜を占めゐる外を吹く風と内なるモナリザのこゑ　『朝の水』
見染めるといふは劇(はげ)しきことならむ色の兆しを得ることなれば　同

死が迫った状況で、不思議なエロスを湛えた歌が見出されるのが胸を打つ。「内なるモナリザのこゑ」はジェンダーを超えて美しい。そして、「見染める」とは、少年の昔を想起したのだろうか。

少年に戻れとならば戻れるは微罪のごとし夕星(ゆふづつ)見つつ　『井泉』

歌に見染められた六十五年の生涯は、まさに「劇(はげ)しき」ものであった。「若い定家」は鮮やかにそののちを生きたのである。

## 歌集 解題

『春日井建全歌集』（二〇一〇年五月二二日　砂子屋書房刊）「解題」を基とした。

『未青年』

一九六〇年九月一日発行　作品社刊　Ｂ６判・フランス装・二〇二頁　三五〇首　序文・三島由紀夫　定価三二〇円

『行け帰ることなく』

一九七〇年七月一日発行　深夜叢書社刊　Ａ５判変型・一五七頁　三五〇首（併録『未青年』三五〇首）　装幀・加納光於　定価一六〇〇円

『夢の法則』

一九七四年二月二五日発行　湯川書房刊　Ｂ５判変型・三八頁　八〇首と詩三篇　解説・塚本邦雄　編集・政田岑生　限定三〇〇部

『青葦』

一九八四年一一月一〇日発行　書肆風の薔薇刊　Ａ５判変型・二五〇頁　三七五首　装幀・中山銀士、挿画・建石修志　定価四〇〇〇円

『水の蔵』

二〇〇〇年六月十八日発行　短歌新聞社刊　四六判・上製・一三〇頁　二七五首　解説・谷川晃一　装幀装画・朝倉摂　定価一四〇〇円

『友の書』

一九九九年一一月一一日発行　雁書館刊　Ａ5判・上製・二二三頁　三八七首　短歌叢書一七四篇　装幀・浅井愼平　定価三〇〇〇円

『白雨』

一九九九年九月九日発行　短歌研究社刊　中部短歌会叢書一七五篇　Ａ5判・上製・二〇五頁　三六七首　第三十四回迢空賞受賞　装幀・猪瀬悦見、装画・毛利武彦　定価三〇〇〇円

『井泉』

二〇〇二年一一月一〇日発行　砂子屋書房刊　Ａ5判・上製・二一四頁　三七〇首　装幀・倉本修、装画・毛利武彦　定価三〇〇〇円

『朝の水』

二〇〇四年五月一五日発行　短歌研究社刊　Ａ5判・上製・二四四頁　四一一首　装幀・猪瀬悦見　定価三〇〇〇円

「琹」

佐佐木幸綱・過激を愛す／馬場あき子・晩年作品に思う／篠弘・貫かれた青春性／久々湊盈子・死などなにほどのこともなし／永田和宏・配慮の人、春日井建／水原紫苑・獅子への願い／岡井隆・崖としてある雲／稲葉京子・春日井建さんのこと

## 読書案内

『黒衣の短歌史』中井英夫（潮新書　一九七一年6月　潮出版社）
『春日井建歌集』〈現代歌人文庫〉（一九七七年6月　国文社）
**歌人論**「春日井建氏の歌　三島由紀夫」「逆夢祈願　春日井建歌集『夢の法則』解題　塚本邦雄」**解説**「『熱き冷酷』の宴――春日井建論　磯田光一」
『歌のありか』菱川善夫（一九八〇年6月　国文社）
『現代短歌史Ⅱ』篠弘（一九八八年1月　短歌研究社）
「春日井建の世界〈未青年〉の領分」現代詩手帖特集版　斎藤慎爾、水原紫苑責任編集（二〇〇四年8月　思潮社）
『続・春日井建歌集』〈現代歌人文庫〉（二〇〇四年12月　国文社）
**歌人論**「ひたぶる生命への渇望――春日井建　篠弘」「藍に滴らす酒――春日井建歌集『水の蔵』　高野公彦」「『白雨』――彼岸を抱え込む生　雨宮雅子」「『井泉』を読む　水原紫苑」「光の泉――歌集『井泉』を読む　谷岡亜紀」「絶対童貞の夢　小池光」**解説**「永遠の悲歌――苦痛がもたらす比岸の蜜　菱川善夫」
『逢いにゆく旅「春日井建と寺山修司」』喜多昭夫（二〇〇五年12月　ながらみ書房）
『評伝春日井建』岡嶋憲治（二〇一六年7月　短歌研究社）
「春日井建　作歌と実生活」角川短歌（二〇一八年12月　角川書店）

【著者プロフィール】

水原紫苑（みずはら・しおん）

1959年神奈川県横浜市生まれ。早稲田大学大学院文学研究科仏文学専攻修士課程修了。86年、「中部短歌会」に入会。以後、春日井建に師事。89年、第一歌集『びあんか』により第34回現代歌人協会賞受賞。第三歌集『客人（まらうど）』で第1回駿河梅花文学賞受賞。第四歌集『くわんおん（観音）』で第10回河野愛子賞、第七歌集『あかるたへ』で第5回山本健吉賞・第10回若山牧水賞、17年、「極光」30首で短歌研究賞を受賞。18年、『えぴすとれー』で第28回紫式部文学賞受賞。その他の歌集に『うたうら』『いろせ』『世阿弥の墓』『さくらさねさし』『武悪のひとへ』『びあんか｜うたうら【決定版】』『光儀（すがた）』『えぴすとれー』、エッセイ集に『京都うたものがたり』『歌舞伎ゆめがたり』『あくがれ—わが和泉式部』『桜は本当に美しいのか—欲望が生んだ文化装置』、小説集『生き肌絶ち』など多数。師の没後単独で活動。

春日井建（かすがい けん）　コレクション日本歌人選 073

2019年7月25日　初版第1刷発行

著者　水原紫苑

装幀　芦澤泰偉

発行者　池田圭子

発行所　笠間書院

〒101-0064　東京都千代田区神田猿楽町2-2-3

NDC分類911.08　電話03-3295-1331 FAX03-3294-0996

ISBN978-4-305-70913-4



本文組版：ステラ　印刷／製本：モリモト印刷

乱丁・落丁本はお取り替えいたします。本文紙中性紙使用。

出版目録は上記住所または、info@kasamashoin.co.jp までご一報ください。

# コレクション日本歌人選　第Ⅰ期〜第Ⅲ期　全60冊！

## 第Ⅰ期　20冊　2011年（平23）2月配本開始

| No. | 書名 | よみ | 著者 |
|---|---|---|---|
| 1 | 柿本人麻呂 | かきのもとのひとまろ | 高松寿夫 |
| 2 | 山上憶良 | やまのうえのおくら | 辰巳正明 |
| 3 | 小野小町 | おののこまち | 大塚英子 |
| 4 | 在原業平 | ありわらのなりひら | 中野方子 |
| 5 | 紀貫之 | きのつらゆき | 田中登 |
| 6 | 和泉式部 | いずみしきぶ | 高木和子 |
| 7 | 清少納言 | せいしょうなごん | 圷美奈子 |
| 8 | 源氏物語の和歌 | げんじものがたりのわか | 高野晴代 |
| 9 | 相模 | さがみ | 武田早苗 |
| 10 | 式子内親王 | しょくしないしんのう（しきしないしんのう） | 平井啓子 |
| 11 | 藤原定家 | ふじわらていか（さだいえ） | 村尾誠一 |
| 12 | 伏見院 | ふしみいん | 阿尾あすか |
| 13 | 兼好法師 | けんこうほうし | 丸山陽子 |
| 14 | 戦国武将の歌 |  | 綿抜豊昭 |
| 15 | 良寛 | りょうかん | 佐々木隆 |
| 16 | 香川景樹 | かがわかげき | 岡本聡 |
| 17 | 北原白秋 | きたはらはくしゅう | 國生雅子 |
| 18 | 斎藤茂吉 | さいとうもきち | 小倉真理子 |
| 19 | 塚本邦雄 | つかもとくにお | 島内景二 |
| 20 | 辞世の歌 |  | 松村雄二 |

## 第Ⅱ期　20冊　2011年（平23）10月配本開始

| No. | 書名 | よみ | 著者 |
|---|---|---|---|
| 21 | 額田王と初期万葉歌人 | ぬかたのおおきみ　しょきまんようかじん | 梶川信行 |
| 22 | 東歌・防人歌 | あずまうた　さきもりうた | 近藤信義 |
| 23 | 伊勢 | いせ | 中島輝賢 |
| 24 | 忠岑と躬恒 | みぶのただみね　おおしこうちのみつね | 青木太朗 |
| 25 | 今様 | いまよう | 植木朝子 |
| 26 | 飛鳥井雅経と藤原秀能 | まさつね　ひでよし | 稲葉美樹 |
| 27 | 藤原良経 | ふじわらのよしつね（りょうけい） | 小山順子 |
| 28 | 後鳥羽院 | ごとばいん | 吉野朋美 |
| 29 | 二条為氏と為世 | にじょうためうじ　ためよ | 日比野浩信 |
| 30 | 永福門院 | えいふくもんいん（ようふくもんいん） | 小林守 |
| 31 | 頓阿 | とんな（とんあ） | 小林大輔 |
| 32 | 松永貞徳と烏丸光広 | ていとく　みつひろ | 高梨素子 |
| 33 | 細川幽斎 | ほそかわゆうさい | 加藤弓枝 |
| 34 | 芭蕉 | ばしょう | 伊藤善隆 |
| 35 | 石川啄木 | いしかわたくぼく | 河野有時 |
| 36 | 正岡子規 | まさおかしき | 矢羽勝幸 |
| 37 | 漱石の俳句・漢詩 |  | 神山睦美 |
| 38 | 若山牧水 | わかやまぼくすい | 見尾久美恵 |
| 39 | 与謝野晶子 | よさのあきこ | 入江春行 |
| 40 | 寺山修司 | てらやましゅうじ | 葉名尻竜一 |

## 第Ⅲ期　20冊　2012年（平24）6月配本開始

| No. | 書名 | よみ | 著者 |
|---|---|---|---|
| 41 | 大伴旅人 | おおとものたびと | 中嶋真也 |
| 42 | 大伴家持 | おおとものやかもち | 小野寛 |
| 43 | 菅原道真 | すがわらみちざね | 佐藤信一 |
| 44 | 紫式部 | むらさきしきぶ | 植田恭代 |
| 45 | 能因 | のういん | 高重久美 |
| 46 | 源俊頼 | みなもとのとしより（しゅんらい） | 高野瀬恵子 |
| 47 | 源平の武将歌人 |  | 上宇都ゆりほ |
| 48 | 西行 | さいぎょう | 橋本美香 |
| 49 | 鴨長明と寂蓮 | ちょうめい　じゃくれん | 小林一彦 |
| 50 | 俊成卿女と宮内卿 | しゅんぜいきょうじょ　くないきょう | 近藤香 |
| 51 | 源実朝 | みなもとのさねとも | 三木麻子 |
| 52 | 藤原為家 | ふじわらためいえ | 佐藤恒雄 |
| 53 | 京極為兼 | きょうごくためかね | 石澤一志 |
| 54 | 正徹と心敬 | しょうてつ　しんけい | 伊藤伸江 |
| 55 | 三条西実隆 | さんじょうにし　さねたか | 豊田恵子 |
| 56 | おもろさうし |  | 島村幸一 |
| 57 | 木下長嘯子 | きのした　ちょうしょうし | 大内瑞恵 |
| 58 | 本居宣長 | もとおりのりなが | 山下久夫 |
| 59 | 僧侶の歌 | そうりょのうた | 小池一行 |
| 60 | アイヌ神謡ユーカラ |  | 篠原昌彦 |

# 推薦する──「コレクション日本歌人選」

## 篠　弘

### ●伝統詩から学ぶ

啄木の『一握の砂』、牧水の『別離』、さらに白秋の『桐の花』、茂吉の『赤光』が出てから、百年を迎えようとしている。こうした近代の短歌は、人間を詠みうる詩形として復活してきた。しかし、実生活や実人生を詠むばかりではなかった。その基調に、己が風土を見つめ、豊穣な自然を描出するという、万葉以来の美意識が深く作用していたことを忘れてはならない。季節感に富んだ風物と心情との一体化が如実に試みられていた。

この企画の出発によって、若い詩歌人たちが、秀歌の魅力を知る絶好の機会となるであろう。また和歌の研究者も、その深処を解明するために実作を始められてほしい。そうした果敢なる挑戦をうながすものとなるにちがいない。多くの秀歌に遭遇しうる至福の企画である。

## 松岡正剛

### ●日本精神史の正体

和泉式部がひそんで塚本邦雄がさんざめく。道真がタテに歌って啄木がヨコに詠む。西行法師が往時を彷徨して寺山修司が現在を走る。実に痛快で切実な組み立てだ。こういう詩歌人のコレクションはなかった。待ちどおしい。

和歌・短歌というものは日本人の背骨であって、日本語の源泉である。日本の文学史そのものであって、日本精神史の正体なのである。そのへんのことはこのコレクションのすぐれた解説を読まれるといい。

その一方で、和歌や短歌には今日のメールやツイッターに通じる軽みや速さや愉快がある。たちまち手に取れるし、目に綾をつくってくれる。漢字・旧仮名・ルビを含めて、このショートメッセージの大群からそういう表情をぞんぶんにも楽しまれたい。

## コレクション日本歌人選　第Ⅳ期

第Ⅳ期　20冊　2018年（平30）11月配本開始

| No. | 書名 | 読み | 著者 |
|---|---|---|---|
| 61 | 高橋虫麻呂と山部赤人 | たかはしのむしまろとやまべのあかひと | 多田一臣 |
| 62 | 笠女郎 | かさのいらつめ | 遠藤宏 |
| 63 | 藤原俊成 | ふじわらしゅんぜい | 渡邉裕美子 |
| 64 | 室町小歌 | むろまちこうた | 小野恭靖 |
| 65 | 蕪村 | ぶそん | 揖斐高 |
| 66 | 樋口一葉 | ひぐちいちよう | 島内裕子 |
| 67 | 森鷗外 | もりおうがい | 今野寿美 |
| 68 | 会津八一 | あいづやいち | 村尾誠一 |
| 69 | 佐佐木信綱 | ささきのぶつな | 佐佐木頼綱 |
| 70 | 葛原妙子 | くずはらたえこ | 川野里子 |
| 71 | 佐藤佐太郎 | さとうさたろう | 大辻隆弘 |
| 72 | 前川佐美雄 | まえかわさみお | 楠見朋彦 |
| 73 | 春日井建 | かすがいけん | 水原紫苑 |
| 74 | 竹山広 | たけやまひろし | 島内景二 |
| 75 | 河野裕子 | かわのゆうこ | 永田淳 |
| 76 | おみくじの歌 | おみくじのうた | 平野多恵 |
| 77 | 天皇・親王の歌 | てんのう・しんのうのうた | 盛田帝子 |
| 78 | 戦争の歌 | せんそうのうた | 松村正直 |
| 79 | プロレタリア短歌 | ぷろれたりあたんか | 松澤俊二 |
| 80 | 酒の歌 | さけのうた | 松村雄二 |